Susana Klassen

Patty Palito

Ilustrações de
Marcelo D'Salete

editora scipione

Gerência editorial
Sâmia Rios

Edição
Maria Viana

Assistência editorial
José Paulo Brait
Camila Carletto

Revisão
Ivete Batista dos Santos
Matheus Rodrigues de Camargo
Nair Hitomi Kayo

Coordenação de arte
Marisa Iniesta Martin

Av. Otaviano Alves de Lima, 4 400
Freguesia do Ó
CEP 02909-900 – São Paulo – SP
ATENDIMENTO AO CLIENTE
Tel.: 4003-3061

www.scipione.com.br
e-mail: atendimento@scipione.com.br

2021
ISBN 978-85-262-5642-2 – AL
ISBN 978-85-262-5643-9 – PR

Cód. do livro CL: 734571

1.ª EDIÇÃO
20.ª impressão
Impressão e acabamento
Forma Certa

• ● •

Ao comprar um livro, você remunera e reconhece o trabalho do autor e de muitos outros profissionais envolvidos na produção e comercialização das obras: editores, revisores, diagramadores, ilustradores, gráficos, divulgadores, distribuidores, livreiros, entre outros.
Ajude-nos a combater a cópia ilegal! Ela gera desemprego, prejudica a difusão da cultura e encarece os livros que você compra.

• ● •

Dados Internacionais de Catalogação na Publicação (CIP)
(Câmara Brasileira do Livro, SP, Brasil)

Klassen, Susana

    Patty Palito / Susana Klassen; ilustrações de Marcelo D'Salete. – São Paulo: Scipione, 2004. (Série Diálogo)

    1. Literatura infantojuvenil I. D'Salete, Marcelo. II. Título. III. Série.

04-5833   CDD-028.5

Índices para catálogo sistemático:
1. Literatura infantojuvenil   028.5
2. Literatura juvenil   028.5

Aos doutores
Francisco Lotufo Neto, Dankwart Schreen
e José Cássio Martins.

Valeu!

PREFÁCIO

Conheci Susana Klassen há alguns anos, quando um amigo me indicou os serviços de tradução do escritório dela em Curitiba. Não cheguei a ver seu rosto, mas trocamos inúmeros telefonemas e estabelecemos uma relação bastante agradável durante um bom tempo, até perdermos contato. Por isso, foi com grande surpresa e satisfação que recebi o convite da Editora Scipione para prefaciar *Patty Palito*.

Aceitei de imediato a deliciosa tarefa que me foi confiada. E por uma razão das mais prosaicas: sei muito bem das agruras vividas pela Patty, personagem principal deste livro.

É bem verdade que nunca me chamaram de "Paquiderme". Mas, desde que pus os pés numa escola, fui premiado com outros tantos apelidos inequivocamente relacionados ao meu jeito roliço de ser: "Rolha de poço", "Saco de banha", "Bolacha", "Batata", "Bolota", "Azeitona" e "Maguila". Este último – o mais odiado de todos – me acompanhou por longos dez anos.

O fato é que, na adolescência, muitas vezes dói ser o gordinho da turma. E dói mais ainda ter de se contentar com isso. Fica difícil arranjar namorada quando a barriga chega sempre dois segundos antes de nós. Mas o pior de tudo é não ser digno de respeito só por ter uns quilinhos a mais. É duro viver numa época em que as regras do jogo são ditadas pela superficialidade e pela obsessiva preocupação em ter um corpo "sarado".

Sob esse aspecto, *Patty Palito* é um livro particularmente precioso, pois aborda o tema com leveza e bom humor, além de alertar para os perigos que correm aqueles que, sem perceber, deixam de ser o que são para agradar aos outros.

É bom saber que Susana e eu somos mais que amigos telefônicos: agora nos tornamos colegas de ofício.

Como escritor, como ser humano e, principalmente, como gordo assumido e feliz, recomendo a leitura deste livro. Você também vai gostar, tenho certeza.

Júlio Emílio Braz

Capítulo 1

Naquele domingo fatídico, toda a comida do mundo estava prestes a desaparecer. A julgar pelo prato de Patrícia, isso bem que poderia ser verdade. Mas a "culpa" não era só dela. O almoço na casa da avó Justina era bom demais. Da rua dava para sentir o cheiro de seus temperos e refogados. Quando tocavam a campainha, ela sempre aparecia à porta secando as mãos no avental amarrado em volta da cintura avantajada. Ajeitava o velho lenço vermelho na cabeça, abria um sorriso e gritava:

– *Buon giorno!*

Enquanto a família comia, vó Justina continuava servindo filhos, noras, genros e netos. Sempre tinha macarronada, frango assado, maionese, bolo e muito refrigerante. Tanta coisa gostosa em uma única refeição!

Ninguém estranhou quando Patrícia limpou seu terceiro prato de comida. Talvez porque não soubessem que ela tentava se acalmar e não pensar nas poucas horas que a separavam de sua triste sina. O molho da macarronada era à bolonhesa, e o dia seguinte era segunda-feira.

Terminado o almoço, a garota atacou as sobremesas. Lambeu até os últimos farelos de bolo que ficaram grudados em seus dedos rechonchudos. O bolo era de cenoura, e o dia seguinte era segunda-feira.

Em duas mordidas, foi-se uma trufa, depressa demais para que o sabor do recheio fosse identificado. Pegou mais uma e, dessa vez, mastigou lentamente. A trufa era de cereja, e o dia seguinte continuava sendo segunda-feira.

– Alguém quer mais alguma coisa? – perguntou vó Justina, atenciosa, enquanto tirava a mesa.

"Quero poder viajar para o futuro", pensou Patrícia, de mau humor. Pularia a segunda-feira e, quem sabe, até o resto daquela semana tenebrosa que se estendia.

Seu cochilo após o almoço virou sono de mais de quatro horas. Despertou com a voz da mãe dizendo que eram quase sete da noite e precisavam voltar para casa.

Levantou-se depressa demais e ficou zonza. Suas pernas e braços pesavam toneladas, e a cabeça estava a ponto de explodir. Ainda assim, arrastou-se até a cozinha e deu um beijo na bochecha corada da avó. Tinha vontade de agarrar-se à saia da *nonna* e gritar que ninguém poderia tirá--la de lá. Mas, em vez disso, fingiu ser uma menina crescida e foi para o carro.

Por que aquele domingo não podia ser igual aos outros? Normalmente, Patrícia não teria nada contra esse dia da semana. No entanto, se a segunda-feira fosse o início das aulas num novo colégio, a história era outra.

* * *

Seis meses antes do domingo fatídico.

"EEPSG Professora Maria da Costa Moreira e Silva."

Na primeira série, o cabeçalho levava uma eternidade para ser copiado. Letras redondíssimas e cheias de orgulho iam lentamente formando as palavras. Depois, tudo era cercado de flores coloridas.

Mas agora, no nono ano, a boa vontade já não era a mesma, e os alunos escreviam tudo da maneira mais abreviada possível. O nome da escola mais parecia uma sopa de letrinhas: EEPSGPMCMS. Não que isso importasse muito – afinal, Patrícia continuava sendo a melhor aluna da classe.

– Se eu fosse filha única, também seria boa aluna! Não aguento mais o meu irmão. Só porque ele nasceu dois anos antes de mim, pensa que pode mandar na minha vida. Você acredita que ele achou aquela prova de português em que eu fui mal e mostrou para o meu pai? Graças a isso, sem nenhum direito a defesa, fui sentenciada a um mês de castigo, não um dia ou uma semana, mas um mês inteirinho. Sou prisioneira na minha própria casa, vivendo a pão e água e fazendo trabalhos forçados!

Patrícia estava acostumada com os relatos dramáticos de Rita. O pai da amiga era advogado, e pelo jeito ela havia herdado um pouco de sua eloquência.

As duas estudavam juntas desde o maternal e não se lembravam de um único período mais longo de silêncio. Rita falava feito uma metralhadora, disparando dezenas de palavras por minuto contra qualquer um que estivesse por perto. Ainda assim, a amiga de Patrícia estava certa: ela não podia reclamar.

Na casa dos Grissini havia uma rotina calma de família pequena. Claro que para os avós de Patrícia, italianos, um conjunto de três pessoas não era considerado exatamente uma família, e eles não conseguiam entender por que a menina não tinha irmãos ou irmãs. Mas ela não se importava nem um pouco. Vivia uma existência tão tranquila que, às vezes, beirava o tédio. Talvez por isso ninguém percebesse a tempestade se armando...

Capítulo 2

Dois meses antes do domingo fatídico.
Era final de junho, e as noites estavam frias. Patrícia adorava essa época do ano, pois dona Lena fazia sopas substanciosas, acompanhadas do pão caseiro macio e fresquinho. Durante o jantar, seu Piero descansou a colher na beirada do prato e se ajeitou na cadeira. Olhou para a esposa, depois para Patrícia, e disse:
– Minha filha – parou para alisar o bigode longo e

escuro, como sempre fazia quando o assunto era importante –, como você sabe, os negócios estão indo bem, a clientela do mercado tem aumentado bastante. Por isso, sua mãe e eu resolvemos que você vai para um colégio particular.

O pedaço de pão que Patrícia engolia fez uma inesperada mudança de rota, provocando uma tosse engasgada. Com o rosto vermelho e os olhos lacrimejando, bebeu meio copo de suco de uma só vez. Mal havia recuperado o fôlego e já estava protestando:

– Mas, pai, pra que isso? Como é que eu vou mudar de escola assim, no meio do ano?

– Vai ser melhor assim, *bambina*. Você é uma ótima aluna e precisa de um colégio mais puxado. Além disso, com seu charme natural, até o fim do ano vai ter feito amizade com todo mundo.

Patrícia olhava para o prato de sopa, contando quantos pedaços de cenoura podia ver boiando no meio dos outros legumes. Cenoura era uma das poucas coisas que ela detestava. Ainda assim, comia só para não ouvir um sermão da mãe.

– Eu sempre estudei no Maria da Costa. Só porque é um colégio estadual, não significa que seja ruim.

Dona Lena, a serenidade em pessoa, fitou a menina com aqueles olhos verdes que Patrícia às vezes invejava.

– Filha, a gente só quer que você tenha o melhor. O Maria da Costa é bom, mas um colégio particular vai te dar mais preparo para o vestibular.

– Ah, é? Então, como é que a filha da vizinha está cursando medicina na USP, sendo que estudou a vida inteira no Maria da Costa? Hein? Além do mais, quem falou que eu quero fazer faculdade? Vocês dois não fizeram...

– Você pode não entender agora, mas nós sabemos o que é importante para o seu futuro – disse seu Piero, muito sério.

– Mas... e os meus amigos, como é que ficam?

Dona Lena ergueu as sobrancelhas e suspirou.

– Você não está indo para a Lua. Todos os seus amigos moram aqui perto. Além disso, vai conhecer outras pessoas no novo colégio.

– Eu não quero! Não sou mais criança. Será que não tenho nem o direito de decidir onde vou estudar?

Seu Piero, perdendo a paciência, pegou novamente a colher e deu o veredicto:

– Não adianta reclamar. Eu já fiz sua matrícula no Colégio Divina Graça.

Patrícia finalmente levantou a cabeça e encarou o pai com olhos suplicantes:

– O quê?! No Divina Graça?! Vocês vão me colocar num colégio de freira? O que é que eu fiz pra merecer isso? Só tem gente fresca lá! Vai ser uma divina desgraça!

– Já chega! Eu não quero mais ouvir reclamação.

– Mas, pai, não dava pelo menos pra esperar até o ano que vem?

– Quanto antes você começar, melhor.

Mesmo sabendo que seu Piero não era homem de mudar de ideia, Patrícia ainda tentou dissuadi-lo:

– Mas...

Com as mãos inquietas, dona Lena cortou mais uma fatia de pão e colocou no prato da filha, dizendo:

– Patrícia Grissini, você ouviu o seu pai. Que tal a gente falar de outra coisa e terminar o jantar? Tem pudim de sobremesa...

A garota ficou emburrada e terminou a refeição em silêncio, enquanto os pais discutiam algum assunto do supermercado de seu Piero, como se nada tivesse acontecido. Só de raiva, a menina comeu quatro pedaços de pudim e, sentindo-se a mais injustiçada criatura do mundo, trancou-se no quarto.

Nos dias seguintes, Patrícia promoveu uma verdadeira campanha contra o Divina Graça. Sua tática era vencer os pais pelo cansaço. Tentou conversar com a mãe e explicar como se sentia. Espremeu até a última de suas lágrimas de crocodilo. Dona Lena até chorou com ela, mas de nada adiantou.

Na tentativa de obter aliados, a menina compartilhou sua triste história com o maior número possível de amigos, vizinhos e parentes. Acabou chateando a todos com suas reclamações. Viu, finalmente, que se tratava de uma causa perdida: o uniforme e os livros novos eram sinais claros de que a decisão dos pais era irreversível.

Foi então que Patrícia teve uma de suas ideias brilhantes. Estava rabiscando uma folha de caderno, quando percebeu que havia uma possibilidade de conseguir o que queria:

SE:

SUCESSO NOS NEGÓCIOS DO PAI = **MAIS** DINHEIRO = IR PARA O NOVO COLÉGIO

↓

ENTÃO:

PROBLEMAS NOS NEGÓCIOS DO PAI = **MENOS** DINHEIRO = VOLTAR A ESTUDAR NO MARIA DA COSTA

Naquele mesmo dia, Patrícia tomou um ônibus e foi ao *shopping*. Não se demorou muito por lá, pois sabia exatamente o que procurava. Saiu da loja de produtos para mágicas e brincadeiras sentindo-se otimista e um pouco perversa. Tinha o plano perfeito para causar uma rápida, porém eficiente, evasão de fregueses do supermercado do pai.

À noite, demorou a pegar no sono. Não tinha muito tempo antes da mudança e, por isso, precisava pôr logo sua ideia em prática. Sentia um friozinho na barriga só de pensar em como iria executar o plano.

No dia seguinte, como era de costume, Patrícia foi ajudar o pai no trabalho. Fez pacotes, atendeu clientes e colocou produtos nas prateleiras. Para sua infelicidade, entretanto, a loja estava cheia. Não teve chance de ficar sozinha nem um minuto.

Quando finalmente o movimento diminuiu, a menina pegou um espanador e foi até a seção de bolachas. Olhou para um lado, depois para o outro e, não vendo ninguém por perto, enfiou a mão no bolso e tirou uma grande barata marrom. Nem parecia feita de plástico.

Estava prestes a plantar o inseto falso no meio dos pacotes, quando apareceu um funcionário do supermercado carregando uma enorme caixa de *crackers*. Mais que depressa, Patrícia fez de conta que estava trabalhando.

Ainda disfarçando com o espanador, resolveu tentar a sorte na seção de frutas e legumes. Se alguém encontrasse uma barata ali, certamente espalharia a notícia pela vizinhança, fazendo diminuir assim o movimento do supermercado.

Ia pondo a mão no bolso de novo, quando uma senhora parou ao seu lado para escolher maçãs.

Eram quase oito horas da noite. A qualquer momento, o pai a chamaria para irem embora. O plano teria de esperar até o outro dia.

Na tarde seguinte, ao trocar de roupa, percebeu que a calça com os insetos de plástico não estava no armário. Era dia de lavar roupa!

Dirigiu-se à área de serviço, a fim de resgatar seu pequeno exército de blatários, quando ouviu a mãe gritar:

– Ai, minha Nossa Senhora! Socorro! É uma invasão!

Poucas coisas deixavam dona Lena em pânico; barata era uma delas.

Patrícia chegou a tempo de ver a mãe batendo na calça com uma vassoura. A menina achou melhor intervir no massacre:

– Para, mãe! Elas não são de verdade. Foi um amigo que colocou no meu bolso para me dar um susto.

Para desespero de dona Lena, a garota pôs a mão no bolso e pegou uma das horríveis criaturas pelas antenas.

– Tá vendo? São de plástico...

– Credo! De plástico ou não, essas coisas nojentas vão é para o lixo!

Patrícia abriu a tampa da lixeira e deixou os insetos caírem, um por vez. Pobrezinhos! Partiam sem ao menos ter cumprido sua missão...

Capítulo 3

Finalmente chegou a tão temida segunda-feira, primeiro dia no colégio novo.

Bem cedo, pronta para a aula, Patrícia ajeitava o novo uniforme azul-marinho, um tanto justo, mas muito bem passado e perfumado. Os cabelos escuros, presos num longo rabo de cavalo, brilhavam de tanto que haviam sido escovados.

Enquanto a menina tomava o café da manhã, dona Lena – que morria de medo de alguém passar fome – embrulhava em papel-alumínio um imenso lanche para a filha.

– Vê se não fica sem comer, ou não vai conseguir se concentrar direito.

Na hora de sair, a mãe abraçou-a junto ao peito amplo. Parecia que a garota estava indo para a guerra.

Desvencilhando-se dos braços fortes da matrona, Patrícia colocou na mochila o pacote com uma caixinha de suco, duas bananas e o sanduíche.

Mil pensamentos rodopiavam por sua cabeça enquanto percorria as seis quadras até o Divina Graça. Em frente ao colégio, o aglomerado de gente com uniformes azuis e mochilas coloridas espremia-se para adentrar o portão principal. O café da manhã deu uma pirueta no estômago da menina.

Na entrada, ao perguntar por sua sala, uma senhora gentil de óculos fundo de garrafa apontou para cima:

– Terceiro andar, primeira à esquerda.

Terceiro andar?! Será que aquilo era algum tipo de penitência para os alunos? Vermelha, suada e sem fôlego, finalmente chegou à classe.

– Olá, você deve ser a Patrícia!

Ela não tinha visto a freira ao lado da porta e quase morreu de susto.

– Eu sou irmã Rute – disse a senhora, que se parecia com Mamãe Noel.

Antes que Patrícia pudesse dizer qualquer coisa, a religiosa apontava para a primeira carteira perto da porta:

– Espero que você não se importe de ficar na fila do gargarejo...

Patrícia sentou e a cadeira rangeu, provocando umas risadinhas no fundo da sala. O burburinho só parou quando a freira fechou a porta e começou a chamada.

Irmã Rute era baixinha, roliça e elétrica. Seu hábito cinza chegava até a metade das canelas. O resto das pernas era coberto por polainas listradas e coloridas. Ao contrário dos costumeiros sapatos pretos, ela usava o último modelo de tênis de corrida. Na mesma hora, Patrícia soube que iria gostar daquela freira.

* * *

Ainda um tanto nervosa, a menina tentou se concentrar na aula, copiando e resolvendo os exercícios no caderno.

– Alguém poderia responder o exercício 2? – perguntou irmã Rute.

Patrícia quase levantou a mão, pois tinha certeza de que a sua resposta estava certa. Mas, antes que tivesse coragem, do fundo da sala uma voz de menina deu o resultado.

– Muito bem, Sheila. A resposta está certa. Agora, alguém para responder o exercício seguinte?

Silêncio.

Irmã Rute insistiu:

– Ninguém fez o exercício 3?

– Eu fiz, irmã – era a mesma voz do fundo da sala.

– Tudo bem, Sheila. O que você respondeu?

Patrícia virou-se a tempo de ver a menina de longos cabelos loiros responder, sorrindo de satisfação:

– X é igual a 7,8 e Y é igual a 12.

– Tem certeza? Acho que não. Mais alguém?

Patrícia não se conteve. Era a sua deixa. Levantou o braço e foi falando:

– X é igual a 8,2 e Y é igual a 11,6.

– Certo. Obrigada, Patrícia – só irmã Rute viu a expressão de Sheila Cristina ao ouvir a resposta.

Sheila não simpatizou nadinha com a aluna nova. Mal havia chegado e já queria se mostrar!

Da aula de português, Patrícia também participou. E, na de geografia, fez uma pergunta que a professora não soube responder.

A essa altura, Sheila soltava fogo pelas ventas. Sempre fora a melhor aluna da turma, todos os professores gostavam dela, e amigos não lhe faltavam... eram como acessórios que ela colecionava tediosamente. E essa tal de Patrícia, com certeza, não combinava com o resto da coleção.

Quando bateu o sinal para o recreio, Patrícia, mais que depressa, pegou o pacote com a comida e foi a primeira a sair da sala. Alheia ao olhar fulminante que Sheila Cristina lançava sobre ela, sentou-se num banco e começou a desembrulhar seu sanduíche. Pedaços de pão macio abraçavam fatias grossas de presunto e queijo. Com a primeira mordida, um tanto do recheio escapou e caiu no seu colo. Aterrorizada, limpou a calça com a palma da mão, esperando que ninguém tivesse reparado.

Para sua infelicidade, entretanto, Sheila viu tudo e não perdeu tempo. Cutucou Leonardo, que estava ao seu lado, e apontou para o local da tragédia. O garoto não perdoava nada:

– Gente, a Gordzilla trouxe lanche pra ela e mais dez!

Uma porção de gente riu, e Patrícia, meio sem jeito, fez que não tinha entendido.

Quando entrou na classe, sentiu que todo mundo olhava para ela. Fez a cadeira ranger de novo e provocou mais um acesso de riso nas meninas do fundo. Mais tarde, no final da última aula, enquanto a professora de ciências escrevia na lousa, um avião de papel espetou-lhe os cabelos por trás.

Era bem pequeno e continha uma mensagem escrita em letras redondas, com tinta cor-de-rosa:
Vê se não fica entalada na porta! A gente gostaria muito de voltar pra casa!
Virou-se para trás e viu, na última carteira, a menina loira rindo baixinho e acenando para ela com uma caneta cor-de-rosa.
O sinal bateu e, em tempo recorde, Patrícia já estava na rua. Não queria chorar na frente de todos.

* * *

Quando chegou em casa, passou como um furacão pela cozinha, dando um baita susto na mãe.

Correu para o quarto, bateu a porta, jogou-se na cama e enterrou o rosto no travesseiro. As vozes estridentes se esgoelavam em sua mente.

"E aí, balofa, trouxe lanche para quantos, hoje?"

"Olha o passo do elefantinho..."

Dona Lena entrou no quarto para consolar a filha.

– Meu amor, o que aconteceu?

– Eu sou gorda e feia! Ninguém gosta de mim!

– Claro que você não é gorda! – disse a mãe, indignada.

– Você é cheia de saúde! Quem foi que falou uma coisa dessas? Deve ter sido alguma menina magrela e de pernas finas!

– Não foi, não. Todo mundo na classe gozou de mim. Vocês podem me pôr de castigo, fazer qualquer coisa, mas para o Divina Graça eu não volto.

As palavras saíram atropeladas e pontuadas por soluços.

– Quando seu pai chegar, vamos conversar sobre isso. Agora, que tal me ajudar a fazer uns biscoitos? – perguntou dona Lena, tentando animá-la.

A menina não respondeu e continuou a soluçar. Só conseguia pensar no quanto queria voltar para a antiga escola, onde conhecia quase todos os colegas do tempo de maternal. Entre um lencinho e outro, ocorreu-lhe que talvez fosse por isso que ninguém caçoava dela no Maria da Costa. Desde pequena, Patrícia sempre fora meio rechonchuda, e todo mundo já a conhecera desse jeito.

* * *

– No começo é assim mesmo, Lena. Logo ela se acostuma – falou seu Piero, ao chegar. A esposa o seguia pela casa, relatando as agruras da filha.

Durante o jantar, Patrícia continuou carrancuda. Mal acabou de comer e foi saindo da mesa sem pedir licença. Mas, antes que escapasse, o pai a segurou pela mão.

– Espera. Precisamos conversar.

A garota largou-se na cadeira, bufando. Ainda segurando a mão trêmula da filha, seu Piero disse:

– Sua mãe me contou o que aconteceu hoje na escola. Patrícia virou-se para dona Lena e viu que ela dava um sorriso fraco, os olhos cheios de preocupação.

O pai continuou:

– É normal os outros alunos fazerem gozação com os novatos. Acontece com todo mundo. Você mesma deve ter feito isso com alguém lá no Maria da Costa. Pensa bem.

Patrícia foi obrigada a se lembrar da menina baixinha e quieta que entrou na turma dela no oitavo ano. Ela, Rita e outras garotas passaram algumas semanas tirando sarro dos seus óculos e do aparelho nos dentes. Depois, acabaram enjoando e a deixaram em paz.

– Daqui a algum tempo, quando tiverem a chance de te conhecer melhor, vão ser todos seus amigos. Você vai ver!

Patrícia nem se deu ao trabalho de discutir. Sem olhar para os dois, desta vez pediu licença e saiu. Os pais ouviram a porta do quarto bater com força e trocaram olhares apreensivos. Dona Lena balbuciou:

– Nem tocou na sobremesa...

* * *

Não foi o cachorro latindo na vizinhança que acordou a mãe de Patrícia. Nem o ronco estrondoso de seu Piero. Estava acostumada com esses ruídos. Mesmo sem saber o que a despertara, livrou-se do cobertor pesado e se levantou devagar. Eram quase duas horas da manhã, e a casa estava em silêncio, exceto pelo quarto da filha, de onde vinha o zunido baixo do computador.

Por uma fresta da porta, dona Lena viu que a luz ainda estava acesa. Bateu de leve, mas não teve resposta. Então a empurrou, fazendo as dobradiças rangerem baixinho.

Patrícia dormia pesado, com a cabeça e os braços

apoiados sobre a mesa do computador. A janela do quarto, com as cortinas abertas, revelava uma infinidade de estrelas brilhando na noite escura.

Na tela do monitor de vídeo, a mãe viu uma porção de fotos de alimentos e tabelas cheias de números. Deu um suspiro profundo e tocou de leve no ombro da filha:

– Patty, vai dormir na sua cama.

A menina levantou a cabeça, abrindo levemente os olhos vermelhos e inchados. Sem falar nada, arrastou-se até a cama e enfiou-se debaixo dos cobertores. Dona Lena ficou ali alguns instantes olhando a filha dormir. Seu rosto muito claro tinha um ar de anjo barroco, mas a testa estava franzida, e a boca, curvada para baixo.

Um anjo triste.

Capítulo 4

Sexta-feira, dia de rabanada. Patrícia despertou sentindo o aroma delicioso de canela. Com água na boca, a menina se arrumou, pegou a mochila e foi para a cozinha. Havia quatro pedaços de rabanada em seu prato, um para cada dia de sofrimento na nova escola naquela semana.

Tudo teria corrido bem na segunda-feira, não fosse o episódio do recheio e do bilhete de Sheila.

Na terça-feira, Patrícia conversara um pouco com Daphne, a menina da carteira ao lado. Ficou sabendo que a colega sorridente, de cabelo ruivo e sardas no nariz, estava no Divina Graça desde o começo daquele ano. O sotaque meio cantado e o "tu" que deixava escapar de vez em quando não negavam que fazia poucos meses que ela viera do Sul.

Também descobriu que o menino que sentava atrás dela se chamava Mateus e só falava de futebol. Além dele e Daphne, Patrícia só havia conversado com as professoras.

Quarta-feira fora a vez de enfrentar a tão temida aula de educação física. A menina adorava estudar, mas tinha horror a esportes. Qual a finalidade daquela correria toda? Não dava para entender a graça de ficar ao sol, transpirando por todos os poros.

Animou-se um pouco quando soube que as meninas iriam jogar handebol. *Meno male*, ela podia ficar plantada na defesa. Para sua felicidade, Daphne era uma das garotas que escolhiam os times. Primeiro convidou Gisele, uma morena baixinha de cabelo trançado. Depois foi a vez de Noemi, a grandona que segurava as luvas de goleira. Então vieram as gêmeas Sandra e Renata, as duas mais altas da classe. E, por fim, Daphne chamou Patrícia e mais uma menina que usava uns óculos de aro redondo e ficava toda hora ajeitando a alça do sutiã.

Do outro lado da quadra, Sheila estava concentrada em seus alongamentos. Eram uns movimentos estranhos de quem se espreguiça e dança balé ao mesmo tempo. O cabelo estava preso num rabo de cavalo que, de tão apertado, a fazia parecer uma chinesa. Num gesto ensaiado, ela se abaixou e ajeitou o cadarço do tênis.

Sheila escolhera o outro time. Duas das jogadoras pareciam clones da capitã. As outras só ficavam cochichando e olhando para os meninos que treinavam basquete na quadra ao lado.

Na quinta-feira, tinha tido aula de química no laboratório. Patrícia ficara junto com as gêmeas e, ao lado delas na bancada, estavam Sheila Cristina e as duas réplicas. Quase no final da aula, uma delas, a de brincos maiores, pegou um tubo de ensaio com azul de metileno e, fingindo que ia lavá--lo, esbarrou em Patrícia, derramando o líquido sobre seu guarda-pó e seu uniforme. A menina pediu mil perdões, mas Patrícia sabia que aquilo não tinha sido um acidente.

* * *

Quando se deu conta, Patrícia já terminava o segundo pedaço de rabanada. As vozes começaram de novo: "Você come feito uma porca! Será que não tem vergonha de empanturrar-se desse jeito?". Parou imediatamente, lembrando-se da promessa que fizera para si mesma na noite anterior. Agora, precisava ser forte.

Aquele era o primeiro dia da metamorfose, mas só Gilberto sabia disso. Era seu confidente de plantão, e com ele Patrícia não tinha segredos. Falava tudo o que se passava em sua mente, além das coisas lá do fundo do coração. Afinal, para quem o *hamster* malhado iria contar o que ouvia?

Quando a mãe perguntou por que Patrícia não queria comer mais, a menina logo inventou:

– Tô meio enjoada... Deve ter sido alguma coisa que comi ontem.

– Verdade? Será que você está com febre? – Antes que Patrícia pudesse responder, dona Lena estava com a palma da mão colada à testa da filha. – Não está quente, mas ainda assim acho bom você tomar um remédio para o enjoo antes de ir para a aula.

– Não precisa. Logo passa. Eu tenho de ir mais cedo para o colégio. Fiquei de me encontrar com uma colega para terminarmos uma pesquisa. Tchau, mãe! – despediu-se com um beijo apressado.

Conseguiu chegar à porta da frente e já virava a chave para abri-la, mas não teve tempo de completar a fuga. Dona Lena veio segurando um saquinho de papel.

– Ô, filha, você ia esquecendo o lanche! Comeu tão pouco no café da manhã! Aqui... Se não melhorar do enjoo, fale com a professora e volte para casa. Eu faço uma canja de galinha e você sara num instante.

Patrícia deu um sorriso amarelo e, enquanto guardava o lanche, sentiu o cheiro de pão caseiro com muito salame e provolone. Ninguém preparava sanduíches como dona Lena.

No caminho para a escola, ficou pensando no que fazer com a bomba de calorias que levava na mochila. Ao chegar a uma esquina, viu um menino pedindo dinheiro. Descalço, roupas rasgadas e rosto sujo, ele parecia ter saído de um campo de concentração.

– Moça, me dá um trocado – pediu, estendendo um pouco a mão, num gesto automático.

– Eu não tenho dinheiro. – Patrícia ia passando por ele, quando algo lhe ocorreu.

– Como é que você se chama?

– Luisinho.

– Você está sempre nesta esquina?

– De noite eu vou dormir lá perto da estação do metrô, mas de dia eu fico por aqui, sim. Passa bastante gente que me dá dinheiro.

Nisso, Patrícia pegou o lanche e segurou-o diante de Luisinho.

– Brigado, moça. Deus lhe pague. – O menino tirou o sanduíche de dentro do pacote e se preparava para dar a primeira mordida quando Patrícia disse, quase gritando:

– Espera aí!

O garoto arregalou os olhos e, temendo perder o lanche, até esqueceu de fechar a boca.

Do fundo de um dos bolsos da mochila, Patrícia tirou um punhado de bombons. Não iria mais precisar de sua "reserva estratégica". Vendo a expressão de espanto do menino, explicou:

– A sobremesa! – E estendeu a mão cheia de doces. Os olhos do garoto brilhavam enquanto ele tentava segurar o sanduíche com uma das mãos e os doces com a outra.

– Valeu, moça!

– Se você estiver sempre aqui neste horário, eu trago um lanche todo dia, menos no fim de semana, que aí eu não tenho aula.

O menino só fez que sim com a cabeça e sorriu, com a boca cheia de pão.

Patrícia foi andando, as costas retas, a cabeça erguida. Tinha conseguido transpor o primeiro obstáculo. Seu plano iria dar certo!

Pena que seu estômago não concordava com isso...

* * *

No começo da primeira aula, Patrícia ainda pensava no café da manhã: aquele pão crocante misturado com açúcar e canela... Será que existia rabanada *light*?

Quando se deu conta, a professora lhe fazia uma pergunta. Os lábios de irmã Maria de Lourdes se moviam rapidamente. Por um momento, nada do que ela falava parecia fazer sentido.

– Hã... desculpe. A senhora pode repetir a pergunta?

– Claro! Com quem você vai formar dupla para o trabalho sobre as algas?

– É... bem... eu estava pensando em fazer sozinha e...

– Ela é tão grande que já forma uma dupla!

– Viviane, o que é isso? Peça desculpas agora mesmo! – irmã Lourdes repreendeu a menina.

De má vontade, ela se desculpou com a irmã e com Patrícia. Ajeitou os cabelos claros, penteados "à la Sheila" e olhou em volta, recebendo a aprovação das amigas.

Antes que a professora continuasse, Daphne levantou a mão e falou, abrindo um grande sorriso:

– Na verdade, ela estava pensando em fazer o trabalho comigo. Não é, Patrícia?

A garota retribuiu o sorriso e fez que sim com a cabeça.

Quando tocou o sinal para o recreio, Patrícia foi quase correndo para a cantina e pediu:

– Uma água mineral, por favor. – A voz saiu meio engasgada.

– Mais alguma coisa? – perguntou o atendente.

Ela olhou para a prateleira de salgadinhos e depois namorou um pote de bombons. Mas tirou forças de algum lugar para responder que não.

Cheia de si, terminou a água. Afinal, não era tão trágico passar um pouco de fome. Ela iria conseguir! O mais difícil, porém, era aguentar as vozes em sua cabeça: "Isso é o que você pensa. Você nasceu indisciplinada. Por isso é gorda desse jeito...".

A aula depois do recreio era de saúde, e a matéria, nutrição. De tanta fome que sentia, até as figuras de frutas e legumes em seu livro pareciam apetitosas. Sem contar as fotos de pães do grupo de cereais e os queijos e iogurtes da parte de laticínios. "Para que tanta ilustração?!", pensou, meio zonza. "Todo mundo sabe o que é um prato de macarrão, um pêssego, um pote de chantili!"

A menina respirou aliviada quando o sinal bateu e a professora de química entrou na sala. Pelo menos essa matéria não tinha nada a ver com comida, certo? Errado! Mal havia terminado de fazer a chamada, irmã Inês falou:

– Hoje nós vamos estudar um processo que todos conhecem: a fermentação. Alguém pode dar um exemplo?

– Iogurte, cerveja, bolo de chocolate! – gritou Caio do fundo da sala, e todo mundo riu.

Quando finalmente a aula terminou, Patrícia foi até o orelhão em frente à escola e ligou para dona Lena.

– Oi, mãe. Só liguei para avisar que vou almoçar na casa de uma colega.

– Tudo bem. Melhorou do enjoo?

– Hã? Enjoo? Ah, sim... faz tempo. Agora eu preciso desligar. Beijo! – E, sem ouvir a resposta, tratou de pôr o telefone no gancho.

Até que não fora tão difícil mentir. Patrícia conversou com sua consciência pesada e explicou que eram só mentirinhas bobas, não faziam mal a ninguém. Depois passou numa quitanda, comprou duas maçãs e comeu bem devagar, sentada no banco de uma praça. Enquanto ruminava um pedaço de fruta, ficou observando o movimento da calçada. Viu uma senhora imensa carregando um *poodle* no colo; depois, uma jovem babá empurrando um carrinho com um bebê rechonchudo; mais tarde, dois meninos correndo e brincando com uma bola de basquete.

"As pessoas são aquilo que os outros veem", pensou. "Jovens ou velhas, altas ou baixas, feias ou bonitas e, é claro, gordas ou magras. Num mundo perfeito, talvez a ideia de 'beleza interior' funcionasse, mas aqui..."

Por que não dera importância ao seu peso antes? Por que sua mãe nunca comentara nada? Ao pensar nas formas curvilíneas de dona Lena e na figura ampla de seu Piero, da vó Justina, dos tios, tias e primos, Patrícia descobriu o porquê. Para eles, isso não era importante. O que valia era aproveitar bem as coisas gostosas da vida e tentar ser feliz. Mas, naquele momento, se Patrícia quisesse a felicidade, teria de fazer umas mudanças.

Se tudo desse certo, logo ela estaria vivendo no planeta das pessoas magras. Nesse lugar, todas as roupas cairiam bem, sempre haveria lugar para mais um no elevador lotado e todos teriam profissões emocionantes: artistas de cinema, executivos de sucesso, atletas e modelos cercados de amigos.

É verdade que Patrícia não nutria nenhuma aspiração hollywoodiana. Tudo o que desejava era, algum dia, ser *chef* de um restaurante famoso. Mas, de repente, esse sonho já não era suficiente para alegrá-la. Estava ficando cansada de ser a menina "gordinha, mas legal", e as gozações na escola confirmavam suas suspeitas. Nenhum menino ia querer ficar com ela. Podiam até considerá-la uma boa amiga, mas olhavam de um jeito diferente para as garotas magrinhas.

* * *

Sábado de manhã, sentadas na calçada, Patrícia e Rita colocavam o assunto da semana em dia:

– E aí, tem muito menino bonito lá no Divina? – a amiga perguntou, com um sorriso malicioso.

– Sei lá! Não sou como você, que tem ideia fixa de namorar – retrucou Patrícia.

– Uma beldade morena e maravilhosa como eu tem de dar atenção aos fãs – a outra riu e ajeitou suas madeixas imaginárias. – E então? Conheceu alguém interessante?

Patrícia olhou para os sapatos, brincou um pouco com os cadarços e falou, quase num sussurro:

– O menino que senta atrás de mim parece ser bem legal. Ele até ofereceu o caderno para eu copiar umas lições do semestre passado. Eu disse que não precisava.

– Tenha santa paciência! Você não se ligou que ele só estava querendo puxar conversa? Desse jeito, vai acabar virando irmã Maria Patrícia!

– Será? – Às vezes, a garota sentia-se uma tonta perto da amiga tão extrovertida. Achou melhor não contar nada das gozações. Rita não iria entender.

– E, por falar em menino bonito, sabe o Mauro, da nossa classe? Então, ele está namorando aquela esquisita da Pâmela e...

A essa altura, Patrícia contava os paralelepípedos da rua, enquanto Rita olhava para suas unhas longas e cintilantes e falava mil coisas ao mesmo tempo.

* * *

As manhãs de sábado na academia eram sempre o máximo, cheias de gente bonita e boas energias. Pena que não dava para colocar todo aquele alto-astral na mochila e levar para casa.

Antes de entrar no apartamento, Sheila já podia visualizar a irmã hipnotizada na frente da tevê. Cíntia mal aprendera a andar, mas sabia usar o controle remoto como ninguém.

Dito e feito. Passou voando pela sala e foi até a cozinha, onde a empregada picava apressadamente uns tomates no balcão da pia. Suas costas estreitas e encurvadas estavam viradas para a porta. Isoldina pulou de susto quando a menina perguntou:

– O almoço está pronto? Estou morrendo de fome.

– Está, sim. Fiz sua salada preferida – respondeu, alisando a saia rústica de estampa florida.

– Minha mãe já acordou?

– Ainda não. Deve ter tomado aqueles comprimidos...

– Isso não é da sua conta, Isoldina. Acho bom você preparar o banho dela e depois chamá-la. Hoje à tarde tem outro chá beneficente.

Quando estava em uma de suas "fases boas", dona Marina saía o tempo todo. Gastava horas fazendo compras, ia ao cabeleireiro e a uma porção de eventos de caridade.

Nos dias em que a mãe estava em crise, Sheila preferia passar a tarde no *shopping* ou na casa de alguma amiga. Nessas ocasiões, dona Marina tomava vários banhos e escovava os dentes dezenas de vezes, com diferentes tipos de escovas. Então, mandava Isoldina limpar de novo lugares absolutamente impecáveis. Quando piorava muito, até piolho procurava nos cabelos das filhas.

Quanto ao pai, desde o divórcio no ano anterior, Sheila o via tão raramente que, às vezes, nem se lembrava da voz dele.

Certos dias, Sheila ficava imaginando que ela e Cíntia eram órfãs e que uma família de verdade as adotaria e cuidaria delas. Mas, na vida real, quem cuidava mesmo das meninas era a empregada.

Isoldina fora a primeira pessoa a ver Cíntia andar e também a primeira a ficar sabendo quando Sheila ficou menstruada. Passava dos quarenta e ainda sonhava em se casar e ter sua própria família. Talvez por pena e por ter um bom coração, cuidava das filhas da patroa enquanto seu sonho não se realizava. Conhecia todos os gostos das meninas e, quer Sheila admitisse ou não, era no ombro dela que ia chorar quando seu mundo desabava. Como na segunda-feira anterior, quando Sheila voltou da escola esbravejando:

– Quem aquela balofa pensa que é? Logo no primeiro dia quer ficar se mostrando!

Isoldina, que nesse momento terminava de limpar a cozinha, ficou só ouvindo.

– Ah, mas eu não deixei barato. Precisava ver a cara dela quando eu lhe mandei um aviãozinho bem na cabeça.

A empregada lavou as mãos e, sem dizer nada, começou a dobrar umas roupas na lavanderia. Sheila, que ainda não havia terminado de reclamar, foi atrás.

– A Roberta me contou que o pai dessa talzinha é dono do mercadinho vagabundo que fica ali perto da padaria. Filha de quitandeiro! Quer coisa mais emergente do que isso?

Isoldina só suspirou.

– Ela que não queira dar uma de boa aluna pra cima de mim. Eu juro que vou fazer da vida dela um inferno!

"Igual à sua", pensou Isoldina, com tristeza.

Capítulo 5

Os clones de Sheila logo enjoaram de caçoar de Patrícia. Voltaram a discutir qual era o ator de novela mais bonito, que tipo de roupa todo mundo iria usar na próxima estação e, mais importante, qual condicionador de cabelo funcionava melhor.

Sheila, por outro lado, não havia desistido de ofender a colega. Patrícia procurava ignorá-la, mas às vezes era difícil. Como no dia em que circulou pela classe uma folha de papel com uma historinha maldosa intitulada *As aventuras de Patty Paquiderme*. Não precisava nem dizer quem havia escrito...

Mas, enquanto Sheila encontrava maneiras criativas de ofender a inimiga, Patrícia estudava mais do que nunca. Em poucas semanas, era a melhor aluna da classe, a favorita de todos os professores. O que ninguém (exceto Gilberto, é claro) sabia é que toda aquela dedicação tinha um único propósito: manter sua mente ocupada para não pensar em comida.

Assim que acordava, planejava o que comer durante o dia. Enquanto fazia as refeições, calculava mentalmente as calorias de seu prato e, antes de dormir, pesava-se sempre.

A primeira dieta que tentou foi copiada de um *site* de nutrição. Gostou quando leu que nenhum alimento era proibido. As porções, por outro lado, eram minúsculas. Quem sobreviveria só com um hambúrguer no almoço? Se descuidasse, até o Gilberto comia mais! Por outro lado, isso significava que ela perderia bastante peso – e logo!

Patrícia mostrou o cardápio para a mãe.

– Isso ainda é por causa do que te falaram no colégio?

– Imagina! Eu não ligo pra essas coisas, não. Só quero perder uns quilinhos.

– Tudo bem. Agora, se eu te conheço bem, você não vai aguentar muito tempo comendo só essa miséria.

– É, acho que não, mesmo...

"Tá vendo", disse a voz agourenta dentro dela, "até sua mãe sabe que você nasceu gulosa e vai morrer gorda!"

* * *

Fazer dieta era mais difícil do que Patrícia imaginara.

Algumas manhãs, hesitava ao entregar o lanche para Luisinho. Provavelmente, estava com mais fome do que ele.

De repente, passou a observar como as ruas estavam cheias de *outdoors* com figuras gigantescas de biscoitos recheados, batatas fritas crocantes e refrigerantes gelados. Em cada esquina, carrinhos de cachorro-quente anunciavam listas quase intermináveis de recheios e complementos. Mas a perdição de Patrícia era mesmo a padaria. O cheiro de pão quente parecia uma daquelas nuvens de desenho animado que puxam as pessoas pelo nariz.

Ficar em casa não era necessariamente mais fácil. Na tevê, cada intervalo trazia uma propaganda mais apetitosa do que a outra. Anúncio mostrando molho de tomate, lentamente despejado sobre o macarrão e, depois, salpicado de queijo. Uma moça magérrima mordendo um bombom recheado e sorrindo. Só podia ser perseguição!

As revistas e os *sites* da internet transbordavam de anúncios de alimentos com menos gordura, menos açúcar, menos carboidratos e promessas de muito mais sabor e prazer com menos calorias. Propagandas de equipamentos de ginástica dividiam as páginas com dietas, exercícios e histórias de quem tinha conseguido emagrecer.

Quando encontrava os amigos na rua, acabavam todos falando de comida, oferecendo um chocolate ou uma bala e convidando Patrícia para almoçar.

Certos dias, até a ração de Gilberto parecia apetitosa.

Para combater o bombardeio de tentações, Patrícia começou a inventar jeitos de não pensar em coisas "engordantes". Se via um pedaço de bolo floresta negra, por exemplo, imaginava-se comendo todo aquele chocolate e chantili e ficando cada vez mais enjoada. Pensava na gordura acumulando-se na barriga e nos quadris. Diante da foto de um prato de lasanha, procurava visualizar todas as células de seu corpo inchando, tornando-se amareladas e sebosas e, finalmente, explodindo. Com o tempo, percebeu que não precisava nem se esforçar muito. Coisas gostosas iriam mesmo lhe fazer mal.

Difícil era driblar seus pais. Dona Lena, que prometera ajudar a filha, tentava sabotar a dieta. Durante o jantar, seu Piero observava atentamente o que Patrícia comia. Quando achava que era muito pouco, logo ordenava:

– Pode pôr mais umas três almôndegas nesse prato.

Se imaginasse ter comido demais durante o dia e não quisesse jantar, Patrícia fingia estar falando ao telefone, e então gritava:

– Mãe, a Rita está me convidando para jantar na casa dela hoje à noite.

– De novo? Será que a mãe dela não se importa?

– Claro que não; a dona Clara disse que gosta muito quando eu vou lá.

– Tudo bem, mas é a última vez que você vai jantar fora de casa esta semana. Desse jeito, vão acabar pensando que não tem família que te alimente.

Então, a garota saía de casa e dava longas voltas na vizinhança. Não podia ser melhor: em vez de se empanturrar, gastava calorias.

Fugir dos almoços em casa também não foi tão fácil. Depois de espremer os neurônios por um tempo, teve mais uma de suas famosas "ideias brilhantes". Disse para os pais que, por causa de aulas extras de redação no período da tarde, queria almoçar na cantina da escola. Seu Piero não gostou muito da ideia:

– Por que você não pode levar mais um lanche ou vir comer aqui em casa e depois voltar para a escola?

– Ninguém faz isso, pai. Os meus colegas todos comem na cantina. – Pelo menos essa parte da história era verdade.

A mãe não falou nada, mas ficou com a pulga atrás da orelha. Não era de hoje que Patrícia andava esquisita.

Tomava o café da manhã às pressas, como se estivesse sempre atrasada. Quando voltava do colégio, Patrícia não ficava mais estudando na cozinha e experimentando o que a mãe cozinhava. Agora, pegava um punhado de *crackers*, um copo de suco e ia estudar no quarto.

No jantar, só comia salada ou bebia aquele *milk-shake* com cheiro de soja e chocolate sintético. Fugia das sobremesas como o diabo da cruz e não podia mais ver presunto, linguiça ou salame. Disse que tinha virado vegetariana, pois não concordava com a forma cruel como os animais eram abatidos.

Um dia, enquanto fazia nhoque e pensava no comportamento estranho da filha, dona Lena achou que havia desvendado o mistério. A falta de apetite, a distração e as horas que a menina passava trancada no quarto, enfim, todos os sintomas eram típicos de um mal bem conhecido: Patrícia estava apaixonada!

Nesse momento, a mulher suspirou de alívio, fazendo levantar uma nuvem de farinha da mesa. Lembrou-se do garoto que havia estudado com a filha antes de uma prova. Era alto e tinha um sorriso tímido, que aparecia de vez em quando em seu rosto sério. Como era mesmo o nome dele? Marcos? Manuel? Marcelo?

A mãe de Patrícia percebera algo de diferente no jeito como o menino (Matias?) olhava para a colega. Na hora não dera importância, mas agora tudo se encaixava.

Mateus! O nome dele era Mateus! Pelo pouco que Patrícia contara, sentava-se perto dela na classe e adorava futebol, vôlei, basquete, enfim, qualquer esporte que envolvesse dois times e uma bola.

Mas por que a filha não lhe dissera nada? Nunca haviam guardado segredos uma da outra. Sua menina estava crescendo...

Capítulo 6

A cada dia, Patrícia ficava mais enjoada para comer. Suas roupas estavam largas, e, junto com os quilos, ela perdia também o senso de humor.

Certa manhã, assim que a filha saiu, dona Lena foi sentar-se com o marido, que terminava de tomar seu café.

– Por que você está tão preocupada, *cara mia*?

– Você reparou como nossa filha emagreceu?

Seu Piero cortou mais uma fatia de pão e começou a besuntá-la de manteiga, como se a tarefa exigisse grande concentração.

– Ela ainda está com aquelas ideias malucas de só comer alface, feito as meninas das novelas?

Como dona Lena demorasse a responder, ele insistiu:

– Ela ainda...

Mas dessa vez a esposa o interrompeu:

– Hum-hum. Não sei mais o que fazer.

– Não se preocupe – disse ele, com a boca cheia. – Isso é coisa de adolescente.

A mulher brincava com um guardanapo, dobrando e desdobrando o pedaço de pano. O marido sabia que ela procurava um jeito de lhe contar algo. Limpou os farelos do bigode e tomou um gole apressado de café.

– Vamos, fale de uma vez, Lena.

Ela agora o fitava, esperando que ele lesse seus pensamentos. Por via das dúvidas, com um pequeno sorriso nos lábios, falou:

– Para mim, tem jeito de paixão recolhida. – E pôs a mão direita sobre a boca, como quem acaba de contar um segredo.

– Ah, é? Por quê? Você ficou assim quando me conheceu? – perguntou ele, com um brilho nos olhos. Naquele instante, seu Piero voltou a ser o rapaz que dona Lena encontrara na quermesse da igreja havia quase vinte anos.

– Claro que não, seu bobo – fingiu bater nele com o guardanapo. – Agora, falando sério, o que nós vamos fazer com a nossa *bella*?

– Esperar – suspirou o marido. – Se for coisa do coração, logo se resolve, de um jeito ou de outro.

Mas, no jantar, dona Lena não se conteve. Caprichara na refeição, esperando que a filha se alimentasse melhor. O bife rolê estava suculento, e as batatas coradas no forno tinham uma camada crocante de genuíno queijo parmesão *reggiano*. Até os brócolis haviam sido preparados cuidadosamente com alho bem picadinho e bastante azeite. A salada ocupava a menor tigela sobre a mesa, mas foi a única coisa da qual Patrícia se serviu.

Ao ver que o prato da menina mais parecia um jardim botânico, a mãe, que vinha ensaiando a pergunta havia algum tempo, segurou a mão de Patrícia e perguntou:

– *Bambina*, você tem alguma coisa para nos contar? Patrícia sentiu-se tentada a falar para os pais sobre a metamorfose que a deixaria bonita como as outras meninas da escola. Quis dizer que estava cansada de chegar à sala de aula toda suada só por andar meia dúzia de quadras e subir alguns lances de escada. Teve vontade de contar sobre os apelidos maldosos, sobre as gozações, mas eles não entenderiam. O pai diria que a filha era melhor que todos aqueles colegas e que, por isso, não deveria deixar que isso a perturbasse. A mãe provavelmente não falaria nada, mas tentaria lhe servir uma sobremesa. Por essas e outras, Patrícia engoliu seco e respondeu, tentando soar alegre:

– A única novidade é que eu tirei dez na prova de inglês ontem.

– Mas isso não é novidade! – comentou seu Piero, cheio de orgulho.

– E de resto, filha, você está gostando da escola nova? – perguntou dona Lena, ainda não convencida.

– Estou adorando o Divina e já fiz um monte de amigos – Patrícia sentiu um friozinho no estômago enquanto falava. A parte sobre a prova de inglês era verdade. O resto, bem... era apenas uma reinterpretação criativa da realidade.

A garota respirou aliviada quando o pai, mais tranquilo, mudou de assunto e começou a contar de uma freguesa esquisita que aparecia de vez em quando no supermercado:

– Vocês precisam ver. Ela é bem alta e tem cabelo loiro, quase branco.

– Deve ser água oxigenada – despachou dona Lena, que não gostava nem um pouco quando o marido ficava reparando nas freguesas.

Ele ignorou o comentário e continuou:

– Está sempre vestindo umas roupas estranhas de couro ou pele de alguma coisa. Vai ver é alguma estilista famosa...
– Fazendo compras no nosso mercado? Tenha paciência, né, Piero! – A mulher queria saber logo a moral da história, e Patrícia não se aguentava de tédio.
– Chega sempre no meio da tarde. Primeiro pega um carrinho pequeno. Sabe aqueles novos que eu comprei, de dois andares?
– Ah, termine logo a história! – Seu Piero demorava tanto para contar incidentes tão simples que a esposa sempre acabava perdendo a paciência.

Continuou calmamente:
– Passa um tempão lendo os rótulos das embalagens. Então, coloca algumas coisas no carrinho e olha mais um pouco. Depois, põe as mercadorias de volta, cada uma exatamente no lugar de onde tirou. Aí, vai até a seção de produtos de higiene e fica pelo menos uns quinze minutos escolhendo uma escova de dentes.
– E põe de volta na prateleira também? – perguntou Patrícia, menos interessada do que parecia.
– Não. Isso é o mais engraçado. Ela sempre compra uma escova de dentes diferente e paga com cheque. Aliás, acho que estou com um deles aqui. – O pai extraiu da velha carteira um maço de cheques. Pegou o que era de um banco estrangeiro de nome esquisito.
– Veja só o valor, que pequeno... Não é possível que uma mulher com todo aquele porte não tenha pelo menos alguns trocados na bolsa.
– Tem perua que, se virar de ponta-cabeça, não cai nem uma moeda! – Dona Lena estava com ciúmes, e o marido sabia disso.

Patrícia olhou rapidamente a folha de cheque, mas não foi o valor que lhe chamou a atenção, e sim o nome da titular da conta.

Seu Piero ia guardando tudo de volta na carteira quando Patrícia pediu:
– Posso ver o cheque de novo?
Sem entender, o pai lhe entregou a folha.

Logo abaixo da linha de assinatura, as pequenas letras diziam: "Marina Gomes Ribeiro".

– Que estranho... – comentou, devolvendo o cheque. – Tem uma menina da minha classe com esse mesmo sobrenome.

– Não é assim tão incomum. De qualquer forma, espero que a mulher não seja parente da sua colega. Para mim, aquilo é caso de hospício – comentou seu Piero.

Dona Lena se levantou para reabastecer a travessa de carne e aproveitou para mudar de assunto:

– E aquele seu colega que veio aqui esses dias... Como é mesmo o nome dele? – perguntou como quem não quer nada.

– Mateus... – respondeu Patrícia, ainda pensando no cheque. Seria possível? O pai havia dito que a louca das escovas era bem loira. Patrícia viu que a mãe estava parada ao lado dela, segurando a travessa e, aparentemente, esperando que a filha dissesse alguma coisa.

– Hein?

– Eu perguntei se você quer convidá-lo para almoçar aqui qualquer dia.

– O Mateus? Por quê? – Seria a imaginação de dona Lena ou a menina havia corado?

– Que tal na semana que vem? Eu posso preparar uma lasanha de quatro queijos...

– E, de sobremesa, uma cassata com sorvete napolitano – completou seu Piero com um grande sorriso.

Patrícia continuou a fingir que não se importava, enquanto mastigava o último pedaço de alface.

– Tudo bem, eu falo com ele. Agora, com licença, eu preciso estudar.

Antes que alguém pudesse protestar, a menina saiu da cozinha. Precisava urgentemente conversar com Gilberto.

* * *

Em sua "residência" sobre a estante, o *hamster* corria numa rodinha de exercícios.

Patrícia parou ao lado da gaiola.

– A vida é complicada demais, Gil. Você não vai acreditar, mas parece que meus pais resolveram bancar o casal de cupidos. Como eles ficaram sabendo sobre o Mateus? Será que estou dando tanta bandeira assim? E se ele perceber? Aí, sim, eu morro de vergonha. Vou ficar contente se ele quiser ser só meu amigo. Pelo menos assim conversamos, mesmo que seja sobre esporte ou alguma coisa da escola. Eu não me importo...

Gilberto tinha parado de correr e estava em pé nas duas patas traseiras, mordiscando um pedaço de ração que segurava com as patas da frente. Só de ver o amiguinho comer, o estômago de Patrícia começou a reclamar.

De trás do armário, tirou uma caixa de sapatos. Abriu a tampa e verificou se ainda estava tudo lá. Dois pacotes de goma de mascar dietética, uma fita métrica, um pacote com alguns *crackers* e um envelope. Seus tesouros.

A goma de mascar ajudava a enganar a fome. Todos os dias, quando chegava da escola, pegava uns biscoitos na cozinha e guardava. Aquele era o seu almoço do dia seguinte. Com a fita métrica, ela se media pelo menos duas vezes por semana. Busto, cintura, quadris, coxa e até o pulso – as medidas eram anotadas num arquivo no computador e comparadas às de dias anteriores. Porém, o mais importante estava dentro do envelope.

Pela enésima vez, Patrícia contou as cédulas. Agora faltava pouco. Fazia duas semanas que juntava o dinheiro do almoço, pois precisava comprar o remédio que tinha visto num *site* de produtos dietéticos. O anúncio dizia que era um composto de ervas cem por cento natural. Ajudava a perder dois quilos ou mais por semana, tudo sem regime ou exercícios. A menina ficava imaginando as gordurinhas que perderia se, além das cápsulas, fizesse dieta e ginástica. Mais uma semana de economias e ficaria sabendo.

Enquanto mascava um pedaço de goma que havia muito tempo perdera o sabor, olhava *sites* de receitas. Seus favoritos eram os que mostravam muitas fotos de pratos pecaminosamente engordativos. Era tudo aquilo que ela não poderia comer nunca mais.

Quanto menos ela se alimentava, mais pensava em comida. Às vezes, ia ajudar o pai no supermercado e ficava olhando as embalagens dos produtos. Comparava pesos, quantidades, teor de gordura e calorias. E conhecia praticamente todas as marcas.

Em casa, trancava-se no quarto e passava horas recortando fotos de comida das revistas velhas de dona Lena. Uma das gavetas da escrivaninha estava ficando cheia de recortes, e Patrícia não sabia mais o que fazer com as figuras. Não podia jogá-las fora; eram bonitas demais. Então, ficava só mexendo, olhando-as e imaginando o sabor, o cheiro e a textura.

"O que você está fazendo não é normal. Ninguém passa o tempo todo olhando comida", disse a voz que só ela ouviu. "Mas, afinal, o que há de errado? Todo mundo tem um *hobby*", explicou para si mesma. "Não estou prejudicando ninguém."

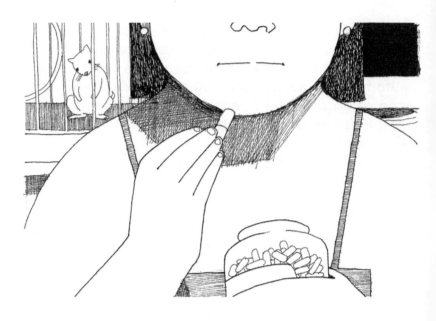

Capítulo 7

Patrícia conseguiu comprar o tal remédio de ervas, um vidro grande, com cem cápsulas. O rótulo dizia que as pílulas deveriam ser tomadas três vezes ao dia, antes das refeições. Não havia efeitos colaterais nem contraindicações.

Junto com o remédio, ela experimentou uma porção de dietas. Teve a da lua, a da gelatina e das proteínas. A certa altura, seu Piero começou a chamar a filha de "Repolhinho", porque naqueles dias ela só podia tomar uma sopa esquisita feita de repolho e outros vegetais. Mas a história da sopa não durou muito tempo. O caldo deixava Patrícia cheia de gases, sentindo-se um dirigível. Depois de alguns dias, estava certa de que, se visse mais uma tigela de sopa, teria um ataque.

Seguia os tais regimes à risca. Porém, quando a mãe fazia uma daquelas tortas ou bolos maravilhosos, a garota ia até a cozinha no meio da noite, pegava um pedaço de doce e colocava um tanto na boca. Mastigava, saboreava bem e depois cuspia tudo no lixo.

"Você é nojenta! Olha só o que está fazendo! Não vai conseguir emagrecer nunca!"

Ajoelhada na frente da geladeira, Patrícia chorava. Depois, tomava duas cápsulas de ervas e voltava para a cama. No dia seguinte, para compensar, às vezes jejuava.

A pior de todas as noites foi antes das provas finais. A menina andava distraída, e suas notas não eram mais tão boas quanto antes. Precisava se sair bem nas últimas avaliações.

Domingo à noite ligou para Daphne.

– Oi, amiga, sou eu. E aí, estudou para a prova?

– Pra caramba. Tenho certeza que vai cair PA e PG. E tu?

Patrícia demorou um pouco para responder:

– Mas isso é matemática. No meu horário está escrito que a prova é de física.

– Acorda, guria! Lembra que as freiras trocaram as datas? A irmã Maria Tomé ainda avisou na sexta-feira.

Patrícia não respondeu. Daphne suspirou e emendou:

– Tu estavas dormindo na aula de novo?

Mais uma pausa, e então:

– Claro que não! E agora, o que é que eu faço? São dez da noite...

– Ué... vai estudar! Desencana, a matéria é fácil. Vai dar tudo certo.

Daphne era sempre tão otimista...

As mãos suadas grudavam nas páginas do livro de matemática. Até as onze e pouco, as coisas estavam caminhando bem. Havia estudado três dos dez capítulos necessários. É claro que iria mais rápido se, entre um exercício e outro, não ficasse pensando no que comeria no dia seguinte.

Então, perto da meia-noite, os números começaram a parecer hieróglifos, e Patrícia sentiu que suas pálpebras eram feitas de chumbo. Pegou o livro e um lápis e foi para a cozinha. O que ela precisava era de uma grande caneca de café bem forte. Quando foi pegar o leite na geladeira, deu de cara com uma torta de morango. Humm, café e torta... que combinação perfeita! Não faria mal nenhum se ela comesse só um pedacinho. Afinal, estava estudando tanto... merecia uma recompensa.

Quando se deu conta, ao lado do seu livro aberto e da caneca de café havia uma forma de torta vazia. Como aquilo tinha acontecido? Teve vontade de se esbofetear. "Você é tão idiota. Merece continuar gorda!"

Só de raiva, fez mais uma xícara de café, pegou o pote de bolachas e voltou a estudar.

Menos de uma hora depois, colocou a mão dentro do pote e, decepcionada, viu que ali não havia mais nada. Deixou o recipiente vazio na pia e foi até a geladeira. De dentro do congelador, tirou uma embalagem de sorvete de nozes e, sentada sobre o mármore frio do balcão, armou-se de uma colher e partiu para o ataque. Só parou quando não sentia mais a língua e o pote estava pela metade. Meio enjoada, guardou o resto do sorvete e foi para o quarto. Olhou para a gaiola e viu que Gilberto ainda estava acordado.

– Ai, Gil, estou perdida! Não estudei quase nada e ainda por cima estou com enjoo. O que é que eu faço?

O *hamster* ficou parado um tempo, fitando-a com seus olhos vermelhos, como se pensasse numa resposta. Então, subiu na rodinha e começou a correr. Patrícia também teve de correr, só que foi para o banheiro, onde pôs para fora todo o seu "lanche" da meia-noite.

Agachada perto do vaso, os cabelos colados ao rosto suado, o gosto azedo na boca, a menina jurou para si mesma que aquilo nunca mais aconteceria.

"Prefiro morrer de fome a comer assim outra vez."

* * *

Na manhã seguinte, curvada sobre a prova de matemática, Patrícia sentia o enjoo voltando. E se passasse mal na frente de toda a classe? Olhou em volta e viu os colegas compenetrados, escrevendo, apagando, virando folhas. Tentou ler o primeiro exercício. O enjoo ia e vinha em ondas, o suor pingava do seu rosto, molhando o papel sobre a carteira. Em pânico, escreveu uns números ao lado de cada atividade e, num esforço gigantesco, conseguiu responder três dos quinze problemas. Enquanto se debatia com uma questão da qual tinha uma vaga lembrança, o sinal tocou e todos entregaram seus testes. A prova de Patrícia mais parecia um sobrevivente de guerra: estava úmida, amassada e cheia de borrões. A professora olhou para o papel e depois para a aluna exausta, mas nada disse.

Quando voltou para casa, Patrícia estava surpreendentemente sem fome. Dona Lena lhe perguntou como tinha sido a prova, e a menina falou com um ar cansado:

– Estava bem difícil. Acho que não fui bem...

Ainda que soubesse quem havia sido a responsável pelo ataque noturno à geladeira, dona Lena viu que a filha estava triste e não comentou nada. Com cara de enterro, Patrícia foi se fechar no quarto. Mais tarde, no jantar, só comeu uma pera. Isso porque a mãe insistiu. Naquela noite, sonhou com comida outra vez.

A semana passou, e a garota ainda não recobrara o apetite. As provas finais haviam terminado e, apesar de sua média baixa em matemática, tinha passado em todas as matérias.

* * *

Era o último dia de aula antes das férias. Patrícia estava absorta na lição, quando sentiu alguma coisa espetando suas costas. Virou-se para trás e viu Mateus segurando sua lapiseira perto dela, olhando para cima e assobiando baixinho.

– Agora você deu pra fazer acupuntura nos outros, é? – perguntou a menina, fingindo estar brava.

Ele não achou graça. Fitou-a muito sério e perguntou, quase num sussurro:

– Você me dá o seu *e-mail*?

Patrícia, que não ouviu direito, entendeu algo como "Você me acha feio?" e, corando, fez que não com a cabeça. Mateus não conseguiu esconder o desconsolo.

– Mas por que não?

Ela olhou em volta. Ninguém prestava atenção na conversa deles. Cochichou:

– Porque você é uma gracinha...

Dessa vez foi Mateus quem ficou sem jeito.

– Quem entende as mulheres? Eu pergunto qual é o seu *e-mail* e você diz que não vai me dar porque eu sou uma gracinha?

Patrícia, agora da cor de beterraba, arrancou uma folha do caderno, rabiscou nela seu endereço eletrônico e, num gesto elegante, como quem entrega um prêmio, disse:

– Tá aqui. Vê se não fica mandando só manchete esportiva. – E, com as mãos suadas e frias e o coração disparado, virou-se para a frente e fez de conta que estava assistindo à aula. "Ele pediu meu *e-mail*! O que será que vai me escrever?"

"Não é nada do que você está pensando, sua boba! Pediu por educação. Só porque emagreceu um par de quilos, acha que ele está a fim de você?"

Desafiando aquela voz impertinente dentro de si mesma, virou-se um pouco para trás e viu que Mateus a olhava.

– O que foi? Nunca viu? – perguntou, voltando-se outra vez para a frente. Só ouviu um longo suspiro e a voz dele resmungando:

– Mulheres...

* * *

Desde que mudara de escola, Patrícia contava os dias para o fim do ano. Como seus amigos no Maria da Costa estudavam à tarde, ela quase não os via mais. A única com quem ainda conversava de vez em quando era Rita.

– Quer dizer que você já está de férias, sua folgada? Nós ainda temos mais vinte dias de aula. E aí, ¿qué pasa?

– Você sabe o que está acontecendo com o resto do pessoal? Liguei para um monte de gente e está todo mundo tão esquisito... De repente, não tinha mais assunto...

– Olha, Patrícia, não se ofenda... mas, como amiga, preciso te contar.

– O quê?

– Desde que você mudou de colégio, o pessoal está achando que a Big Patty virou "Patricinha".

– E você, o que acha? – perguntou, respirando fundo para engolir o choro.

Fez-se um longo silêncio antes que Rita respondesse:

– Para ser sincera, você está mesmo mudada. Já notou que, quando a gente conversa, acaba sempre falando de regime, receita e ginástica? Além disso, parece que está sempre chateada com alguma coisa...

Patrícia ficou em silêncio por alguns instantes e, depois, com a voz trêmula, mentiu:

– Eu tenho de desligar, Rita. Minha mãe está me chamando. – Mais um silêncio.

– Tudo bem. A gente conversa depois – Rita também fazia força para soar alegre.

Patrícia pôs o telefone no gancho, sabendo que não falaria de novo com a amiga tão cedo.

* * *

Gilberto observava a dona, que andava de um lado para o outro do quarto.

– A Rita não me entende como você. Pensa que eu só

falo em dieta. Tem cabimento? Por falar nisso, como vou continuar a dieta durante as férias? A ceia de Natal vai ser aqui em casa de novo. Vão ficar insistindo para eu pegar mais um pedaço de peru, uma fatia de panetone, um punhado de nozes, só mais alguns docinhos... Ai, Gil, o que eu vou fazer?

O *hamster* já não parecia interessado na conversa. Subira em sua rodinha e corria freneticamente para lugar nenhum. Patrícia nem ligou. Ainda tinha muito o que falar:

– Para piorar, o papai e a mamãe não param de pegar no meu pé sobre essa história de dieta. Uma coisa é certa: eles podem resolver onde vou morar, em que colégio vou estudar, podem até me obrigar a fazer faculdade. Mas ninguém vai me dizer o que eu devo comer. O corpo é meu e eu vou fazê-lo ficar do jeito que eu quero!

Exausto, Gilberto foi dormir encolhido num canto da gaiola. Patrícia até teria mais coisas para discutir com ele, mas também estava cansada.

Naquela noite, sonhou que era atacada por sanduíches maiores que ela, biscoitos que pareciam pranchas de surfe, uvas do tamanho de bolas de basquete e mais uma porção

de frutas e legumes, todos com braços e pernas fininhos e com cara de poucos amigos. Acordou assustada, suando frio e tremendo. Com medo de ter outro pesadelo, ficou com os olhos bem abertos, tentando não pegar no sono.

* * *

Os preparativos para as festas corriam a todo vapor. Para dona Lena, aquela era a época de fazer todos os pratos que não tinha conseguido preparar durante o ano. Patrícia, por sua vez, era a especialista em bolachas. Naqueles dias, seu Piero tinha transformado a mesa de jantar em escritório. Digitava números numa velha calculadora, revirava uma pilha de papéis e, ao mesmo tempo, mordia a caneta que segurava.

No balcão, dona Lena sovava a massa de panetone com uma força assustadora. Patrícia tinha reparado que, sempre que alguma coisa preocupava a mãe, ela tratava o pão com mais violência. Pelo jeito, naquele Natal os panetones iriam ficar bem macios.

Enquanto colocava mais uma leva de bolachas no forno, Patrícia respirou fundo, juntou coragem e começou a falar:

– Mãe, pai, preciso conversar com vocês...

Seu Piero tirou os óculos de leitura e desligou a calculadora, dona Lena deu uma trégua para a massa, e ambos olharam para a menina.

– O que foi, filha? – perguntou a mãe.

– É sobre minha dieta... – mal tinha falado e ouviu o pai bufar contrariado. Ainda assim, continuou: – Eu sei que vocês não concordam, mas é muito importante para mim.

Seu Piero alisou o bigode e disse:

– Patrícia, o que mais você quer que a gente faça? Eu te trouxe todos os produtos *diet* e *light* lá do mercado. Sua mãe, coitada, vive feito uma louca procurando receitas de coisas que você gosta. Aí, você olha para o prato, dá duas garfadas e diz que está satisfeita. Tenha paciência! Às vezes a gente se cansa dessa frescura! Não dá para entender por que uma menina bonita, inteligente e sensível como você tem essa preocupação toda com uns quilos a mais ou a menos. Ninguém liga para essas coisas.

– Isso não é verdade! – disse a menina, quase chorando. – Pode ser que vocês não se importem, mas não é assim com as outras pessoas.

– O que você quer de nós? – perguntou dona Lena, quase num sussurro.

– Eu gostaria que vocês conversassem com a vó Justina antes do Natal. Ela não me vê há meses.

– Ela está magoada porque você não vai mais almoçar lá aos domingos – comentou seu Piero, muito sério.

– Acontece que, se eu ficar indo na casa dela toda hora, não vou conseguir emagrecer nunca! Além disso, eu conheço a vó Justina, ela vai se preocupar, achando que estou doente.

– Não é só ela. Eu mesmo não aguento mais ter de explicar para todo mundo suas dietas malucas. As pessoas vivem me perguntando o que há de errado. Nem sei mais o que dizer! – dona Lena enxugou os olhos com o canto do avental.

Patrícia continuou:

– Por favor, conversem com a *nonna*, ela vai entender.

Os pais da menina trocaram olhares interrogativos. Então, dona Lena limpou a mão numa toalha e pôs o braço ao redor da cintura cada vez mais fina da filha.

– Patrícia, *amore*, como é que vamos tranquilizar a vó Justina se nós mesmos estamos preocupados com você?

– Vocês não têm com que se preocupar. Não quero ficar esquelética feito aquelas meninas da tevê. Só vou perder mais uns cinco míseros quilos.

Dona Lena olhou de novo para seu Piero. Dessa vez, foi ele quem falou:

– Vai ser difícil fazer sua avó entender essas ideias esquisitas... mas vamos tentar. Ninguém vai te obrigar a comer nada durante as festas. Só tem uma condição: se, depois de perder os cinco quilos, você ainda continuar fazendo dieta, nós vamos te levar a um médico.

Mais aliviada, Patrícia abraçou a mãe com força. Depois, foi até o pai e lhe deu uma porção de beijos na testa alta.

– Obrigada, mãe! Valeu, pai! Eu adoro vocês! Logo vou ser a menina mais bonita e feliz do mundo. Vocês vão ver. – E saiu correndo para contar as boas notícias a Gilberto.

Dona Lena só balançou a cabeça e salvou os biscoitos esquecidos no forno, antes que virassem carvão.

* * *

Ainda faltava quase uma semana para o Natal, mas Patrícia ficara o dia inteiro ajudando a mãe na cozinha. Depois do jantar, foi verificar seus *e-mails*, como fazia todas as noites. Só duas mensagens.

Uma era de Daphne. Escrevia sempre contando como estavam indo suas férias no Chile. Tinha ido para lá com os pais e a irmã. Suas descrições detalhadas de montanhas com picos nevados e lagos azul-turquesa deixavam Patrícia com uma pontinha de inveja.

Quanto ao outro *e-mail*, havia esperado por ele quase um mês e, agora que o recebera, não tinha coragem de abrir.

Ficou olhando fixamente para o nome na tela, como se assim pudesse adivinhar o que continha a mensagem. O que Mateus queria com ela? Se havia demorado tanto tempo, não devia ser nada muito importante... Clicou em cima do nome e fechou os olhos. Um friozinho gostoso percorreu suas costas. Quem sabe uma declaração... uma longa carta dizendo o quanto ele gostava dela.

"Deixe de ser boba e olhe logo!"
Abriu os olhos e começou a ler:

Oi, Patty!
E aí? Tudo bem?
Aqui em casa tá uma bagunça. Minha mãe resolveu redecorar a sala antes das festas. Meus irmãos e eu estamos ficando malucos. É barulho de gente batendo, serrando, furando. Parece que estão construindo outra casa.
Eu queria ter escrito antes, mas, sei lá... Achei que talvez vc não fosse gostar...
Meus pais não vão poder tirar férias, e por isso a gente não vai viajar. Não sei o que eu vou fazer até fevereiro. Pra piorar, o canal de esportes só está transmitindo jogos de tênis ou campeonatos de golfe. Que tédio!
Se vc quiser, eu tava pensando que a gente podia pegar um cinema ou alguma coisa assim. O que vc acha? Tô mandando meu telefone. Me liga.
Mateus

"Gente, o Mateus quer ir ao cinema comigo! Mas será que não é só porque ele está morrendo de tédio? Vai ver que os amigos dele estão todos viajando e não sobrou mais ninguém para convidar."

Patrícia copiou o número de telefone em sua agenda. Ia ligar no mesmo instante, mas não quis parecer desesperada. Voltou a ajudar a mãe na cozinha e levou quase quinze minutos para passar cobertura em um único biscoito.

– Parece que está com a cabeça no mundo da lua! – comentou dona Lena.

– Hein?

– Melhor você fazer outra coisa, filha. Que tal começar a lustrar a prataria da ceia?

– Tá bom... – E continuou segurando o biscoito, pesado de tanta cobertura.

– Patrícia! Acorda, *ragazza*!

– Credo, mãe! Não precisa gritar. Já estou indo. – Largou tudo sobre o balcão e foi abrir o armário onde ficava a prataria. Desanimou só de ver o monte de castiçais, travessas e bandejas.

– Lembrei que preciso fazer uma coisa. Volto logo.

Correu para o quarto, abriu a agenda e, antes que perdesse a coragem, discou o número de Mateus. O telefone chamava pela segunda vez quando ela desligou. O que iria dizer para ele? E se a mãe dele atendesse?

Hesitou um pouco, respirou fundo e discou novamente.

– Alô? – disse uma criança. Devia ser o irmãozinho.

– Oi, eu queria falar com o Mateus – a voz saiu tremida.

– Mãe! Cadê o Mateus? – gritou o menino.

Então, Patrícia ouviu uma mulher falando do outro lado da linha:

– Pergunte quem é, Fabiano.

– Quem é?

Dessa vez, a menina não conseguiu responder. Desligou o telefone e se jogou de bruços na cama. "Você fez bem, Pata-choca. Poupou-se de um vexame. Ou achou que ele queria mesmo sair com você?"

Nem se lembrou da prataria. Trancou a porta do quarto e foi olhar receitas na internet. Só saiu do seu transe culinário quando ouviu dona Lena chamando:

– Patrícia, você está dormindo?

– Não! – gritou. "E, se estivesse, teria acordado", pensou, de mau humor.

– O que aconteceu? Você disse que ia me ajudar...

– Já vou! – respondeu meio atravessado, torcendo para a mãe não fazer mais perguntas.

Antes de sair do quarto, parou diante do computador, pensou um pouquinho e, ainda em pé, digitou uma resposta para Mateus:

Recebi seu e-mail. *Pena que as coisas não estejam muito emocionantes por aí. Aqui, quando bate o tédio, eu converso com o Gilberto. Lembra dele?*

Não vai dar para eu sair esta semana. Tenho de ajudar minha mãe com os preparativos para as festas.

Por hoje é só.

Beijos,

Patrícia

Sentou-se e releu o que havia escrito. Apagou a parte em que falava de Gilberto. Quem iria se interessar por um *hamster* bobo?

Como se soubesse o que a menina estava pensando, Gilberto encostou-se nas grades, segurando-as com as duas patinhas dianteiras. Parecia um minúsculo presidiário que, além de encarcerado, era insultado.

Assim que ela enviou a mensagem, pensou em uma porção de coisas legais que poderia ter escrito. Arrependeu-se até de ter mandado beijos. "Tá vendo como você é devagar? Desse jeito, o Mateus vai te achar uma tonta!"

* * *

A casa parecia saída de uma revista de decoração. A árvore estava enfeitada e havia guirlandas, fitas vermelhas e velas por toda parte.

Sobre a mesa da ceia, não cabia mais nem um saleiro. Patrícia ficou um tempão olhando para toda aquela comida e planejando do que iria se servir. Um pedaço de abacaxi, um pêssego e, quem sabe, uma fatia de panetone. Afinal, Natal é só uma vez por ano! Seus pensamentos foram interrompidos pela campainha. Era tio Giácomo com seu acordeão e tia Adriana, uma versão mais enrugada e alta de dona Lena, mais os três primos, que todo ano vinham para a ceia com aquela mesma cara de quem preferia estar em outro lugar.

Logo a casa se encheu de outros tios, tias e primos,

dos quais Patrícia nem se lembrava. Só faltavam vó Justina e tia Carlota. Esta última era a filha mais velha e morava com a mãe desde que vô Frederico falecera.

Bem que seu Piero tentou, mas foi impossível fazer a mãe dele entender. Para vó Justina, se Patrícia não comia direito era porque estava doente. Onde já se viu não gostar mais de queijo, *prosciutto*, bife à milanesa? Era demais para sua cabeça de oitenta e dois anos.

Ainda assim, o pai de Patrícia fez a avó dela prometer que não falaria nada para a neta. Explicou que adolescente era assim mesmo. Se ninguém comentasse, a menina acabaria esquecendo aquela bobeira toda.

Mesmo antes de abrir a porta, Patrícia sentiu o perfume da avó. Era um cheiro de lavanda misturado com naftalina que seria horroroso para qualquer um. Mas, para ela, trazia lembranças boas.

Girou a maçaneta devagar e abriu a porta. Antes que a velhinha pudesse dizer alguma coisa, Patrícia a abraçou com força, os olhos cheios de lágrimas. Só a soltou quando percebeu que todo mundo na sala tinha parado de falar.

Apesar de sorrir quando olhou melhor para a neta, naquela noite de Natal vó Justina não disse que aquela era a sua *bambina bellissima*.

* * *

Às três da manhã, dona Lena e Patrícia ainda recolhiam fitas e embalagens de presente espalhadas pela sala. Podiam ouvir os roncos de seu Piero vindos lá do quarto.

– A festa foi boa, não é?

– Não sei o que teria feito sem sua ajuda, filha – disse dona Lena, sentando-se no sofá e ajeitando uma mecha de cabelo caída sobre a testa. Patrícia agora a observava com atenção. A mãe tinha um rosto agradável, de traços harmoniosos e poucas rugas para sua idade. E como seria bonita se perdesse algum peso!

– Mãe, já pensou em fazer regime?

A mulher ficou surpresa e disse, sorrindo:

– Eu já fui bem magrinha, sabia?

– É mesmo? – Patrícia não conseguia imaginá-la com menos peso. E o que será que a mãe entendia por "magrinha"?

– Isso foi há muito tempo, antes de eu me casar... mas, engraçado, eu não me lembro de ser mais feliz do que hoje.

– Talvez naquele tempo ninguém ligasse muito para essas coisas...

– É o que você pensa. Não era fácil caber naqueles vestidos de cinturinha fina – dona Lena prendeu o fôlego e encolheu a barriga, mas logo relaxou e começou a rir. – Que coisa mais boba!

Patrícia havia sentado perto da mãe.

– Então você acha que a minha dieta é bobagem? – A pergunta saiu num tom meio ríspido.

– Não foi o que eu quis dizer, querida. As pessoas que te amam não se importam com teu peso. Só querem que você tenha saúde. – A mulher agora estudava as feições de sua *bambina*. Como era linda!

Beijou de leve a testa da filha, levantou-se e foi apagar as luzinhas da árvore.

– Deixe as luzes acesas, mãe – pediu Patrícia. – Quero ficar aqui mais um pouco. – E sorriu de leve.

A menina não estava com um pingo de sono. Tinha tanto em que pensar...

– *Buona notte!*

– *Buona notte, mamma!*

* * *

– Feliz Natal, minhas meninas! – Isoldina abraçou Cíntia e Sheila de uma só vez. Esta última segurava a irmãzinha no colo.

A empregada havia deixado a ceia da patroa preparada e agora já podia ir sossegada para sua própria festa. O bairro ficava do outro lado da cidade, mas Isoldina não se importava. Gostava de visitar a irmã mais nova, o cunhado e os três sobrinhos. Passava o Natal com eles todos os anos. E, mesmo que a ceia tivesse frango no lugar de peru e sidra em vez de champanhe, ninguém ligava. O que faltava em sofisticação na comida sobrava em alegria quando todos se reuniam.

Enquanto sacolejava no ônibus velho, Isoldina não conseguia deixar de pensar nas duas meninas. Dona Marina e as filhas iam passar as festas de fim de ano sozinhas. Aquele era o segundo Natal de Cíntia, que, apesar de ainda não entender direito o significado da comemoração, sabia que tinha algo a ver com muitos presentes.

Os pais e o irmão da mãe de Sheila estavam passando as férias em alguma estação de esqui na Europa. Desde o vexame que dera numa viagem três anos antes, dona Marina era gentilmente ignorada pelo resto da família. Em plena época de festas, ninguém queria por perto uma louca que via germes em todo lugar.

Dona Marina achava melhor assim. Fazia quase um mês que não tinha uma crise e tomava religiosamente os medicamentos que o doutor Romeu receitara. O melhor presente que poderia dar às filhas não estava em nenhum dos muitos pacotes coloridos que trouxera do *shopping*.

Quando terminaram a ceia, mãe e filhas foram sentar-se perto da árvore. Enquanto Cíntia desembrulhava todos os seus pacotes, Sheila descansava a cabeça no ombro de dona Marina, que lhe passava os dedos pelos longos cabelos.

– Eu não trocaria este momento por nada neste mundo – disse a mãe bem baixinho no ouvido de Sheila.

A menina deu um grande sorriso e fechou os olhos. Pelo menos por alguns instantes elas estavam felizes.

* * *

Dois de janeiro. Fazia três semanas que Patrícia se pesara pela última vez. Lembrava bem, pois fora quando dona Lena terminava de embrulhar os panetones que distribuía para os amigos antes do Natal.

Havia prometido a si mesma que não subiria na balança durante as festas, os vinte dias mais longos de sua vida. Também resolvera que iria perder pelo menos dois quilos naquelas semanas. Agora era a hora da verdade. Quando o seu radiorrelógio marcou um minuto depois da meia-noite, Patrícia estava totalmente despida ao lado da balança.

Sem olhar para o ponteiro, respirou fundo e colocou primeiro o pé direito e depois, lentamente, o esquerdo sobre o revestimento de borracha azul. Fechou os olhos e ficou imaginando o que faria se tivesse engordado. Não estava certa de que conseguiria sobreviver.

Abriu os olhos devagar e olhou para baixo. Quando viu o ponteiro em cima do número cinquenta e cinco, quase não se conteve. Repetiu os dois algarismos em voz alta para que Gilberto pudesse ouvi-la. O *hamster* correu na gaiola de um lado para o outro e depois subiu na rodinha.

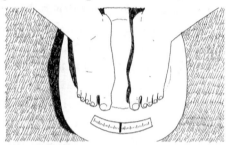

– Mesmo com toda essa comilança de final de ano, eu ainda perdi mais de três quilos!

Empolgada com o sucesso das semanas de festas, Patrícia estabeleceu uma rotina rígida de alimentação e exercícios. Começava de manhã, com abdominais, repetindo os movimentos até que os músculos da barriga ficassem doloridos demais para continuar. Depois de um longo banho, uma pequena tigela de cereais era seu café da manhã. Gastava a maior parte do tempo antes do almoço usando a esteira que, após insistentes pedidos, havia ganho dos pais no Natal.

Quando cansava, ia visitar *sites* de receitas na internet. Páginas e mais páginas com fotos de bolos, tortas, sobremesas cheias de chantili, chocolate, caldas e cremes.

Almoçava uma fruta ou um pouco de salada. Sobremesa, nem pensar. Então, saía para caminhar e livrar-se da impressão de ter, mais uma vez, comido demais.

À tarde, quando não estava ajudando no mercado,

fazia flexões e levantava pesos. Não que ela tivesse pesos de verdade, como aqueles de academia. Improvisava com dois volumes de sua velha enciclopédia em cada uma das mãos. Levantava-os cinquenta, cem, duzentas vezes.

De vez em quando, tentava ler um livro ou uma revista, mas logo perdia o interesse. Bebia água e chá o dia inteiro, assim não ficava com tanta fome no meio da tarde. Com o passar do tempo, percebeu que, quanto mais exercícios fazia e mais líquidos bebia, menos fome sentia.

É claro que dona Lena e seu Piero haviam reparado nessa rotina excêntrica, e a mãe queria saber o que a menina fazia trancada no quarto o dia inteiro.

Quando perguntava, as respostas eram sempre as mesmas: estava lendo um livro ou arrumando alguma coisa. Às vezes, nem respondia. Se batessem à porta, Patrícia fingia estar dormindo. Por via das dúvidas, deixava uma música tocando para que não a ouvissem enquanto se exercitava.

Para espanto da mãe, a menina também se tornara assustadoramente prestativa. Oferecia-se para limpar o banheiro, varrer e encerar o piso e lustrar os móveis. Por iniciativa própria, havia até limpado os vidros da casa (que não eram poucos), serviço que antes detestava.

Enquanto trabalhava, Patrícia ia calculando alegremente quantas calorias tinha queimado em cada tarefa.

Conforme haviam prometido, seu Piero e dona Lena não a obrigavam a comer nada. Mesmo quando o prato da menina tinha porções minúsculas que ela picava em dezenas de pedacinhos e depois ia comendo um por um.

Dona Lena morria de vontade de perguntar se ela já não havia perdido o peso combinado, mas seu Piero achava melhor esperar. A filha prometera que lhes contaria.

Fazia algum tempo que Patrícia sabia estar cinco quilos mais magra. Até onde deixariam que chegasse antes de tentar arrastá-la para o médico?

Capítulo 7

Oi,
Como estão indo suas férias?
Não. Precisava começar com uma pergunta inteligente.
*Oi,
E então, o que você acha do aumento do dólar?*
Que horror! Por acaso ele é economista? Talvez devesse usar alguma coisa engraçada...
*Oi,
Você sabe como colocar três elefantes dentro de um fusca?*
Era a milésima vez que Patrícia tentava escrever para Mateus. Janeiro estava acabando, e nenhuma notícia dele.
Antes do Natal, a menina havia passado quase uma hora na internet escolhendo um cartão virtual. Acabou não mandando nenhum. E se ele não gostasse?

Ligar para ele? Nem pensar! O que iria dizer?

Ia começar outra mensagem quando o telefone tocou.

– Patrícia, telefone! É a Daphne.

Depois dos tradicionais cinco minutos de abobrinhas, Daphne disse num tom sério:

– Falei com meus pais, e a gente queria te convidar para passar o resto das férias na nossa casa de praia. Não aceitamos "não" como resposta!

Patrícia demorou a falar. Morria de vontade de ir à praia, mas, ao mesmo tempo, também tinha vergonha. Precisava inventar uma desculpa.

– Sei lá... Eu não sou muito chegada em praia...

– *Please*, diz que sim! Minha irmã foi para Nova York com uns amigos da faculdade. Isso quer dizer que vou passar um mês inteiro sozinha com meus pais. Vai ser chato demais...

– Até hoje eu passei minha vida inteira sozinha com meus pais e não morri. Não é assim tão horrível – disse Patrícia, com ar de sábia e experiente filha única.

– Não estou te ouvindo direito... Então tá resolvido. Tu vais e pronto!

– Mas, e se meus pais não deixarem?

– Tenho certeza que vão gostar da ideia.

Patrícia fez uma pausa, pois estava mesmo considerando o convite.

– Tudo bem. Vou falar com eles.

– Pergunta agora. Assim, podes começar a arrumar as malas. Quanto antes a gente for, melhor.

– Calma. Meu pai não está aqui. À noite eu falo.

Enquanto Daphne dava uma lista de coisas legais que elas poderiam fazer juntas, Patrícia pensava em que roupa levar e no que fazer para não parecer uma beluga, enorme e branca.

Naquela noite, durante o jantar, seu Piero e dona Lena

ouviram com atenção Patrícia falar do convite que recebera.

– O que você acha, Piero? – perguntou dona Lena, procurando evitar o olhar suplicante da filha.

– Vamos pensar e amanhã te damos uma resposta.

"Pensar no assunto", normalmente, era o mesmo que dizer "não".

Patrícia saiu da mesa resmungando. Pegou seu copo de *milk-shake diet* e foi para o quarto.

Quando seu Piero e dona Lena ouviram a porta bater, trocaram olhares de cumplicidade e começaram a rir.

– Ô, Piero. Coitadinha...

– Que nada. Um pouco de suspense não faz mal a ninguém. Além do mais, do jeito que o humor dessa menina anda imprevisível, era capaz de ficar zangada se soubesse que combinamos tudo com os pais da Daphne. Vai ser bom ela sair de casa um pouco. Conhecer gente nova, ver o mar. Quem sabe, assim, esquece essas ideias de regime.

– Agora, se ela voltar mais magra, nós vamos levá-la ao médico, não é?

– Claro, Lena. Eu já falei que sim.

* * *

No dia seguinte, Patrícia estava em pânico. Podia ver claramente todas as suas imperfeições no espelho do provador. O queixo duplo tinha diminuído, mas não sumido por completo. O busto ainda se parecia com o daquelas moças de seriados americanos. Mesmo que encolhesse a barriga com toda a força, ainda não conseguia enxergar a cintura que queria. Martirizava-se com o quadril e as coxas, quando a vendedora abriu a cortina e, com um sorriso de político em campanha eleitoral, exclamou:

– Nossa! Esse biquíni ficou superbom! A cor verde combina com o seu tom de pele. Espere um pouco que vou trazer umas cangas para você experimentar.

Meio minuto depois, ela estava de volta. Patrícia escolheu a canga mais longa, com tons de verde e azul. Enrolou-se no tecido fininho e, com o corpo escondido debaixo do pano colorido, sentiu-se um pouco menos ridícula.

* * *

Logo no primeiro almoço na casa da praia, Patrícia ficou sabendo que Daphne e seus pais eram vegetarianos. Os pratos que a cozinheira preparava eram perfeitos: só saladas, frutas e legumes fresquinhos. Além disso, dona Solange não ficava oferecendo comida o tempo todo, como fazia dona Lena. Daphne, que era naturalmente magrinha, comia mais que um refugiado, mas também não ficava reparando no prato da amiga.

Dona Lena e seu Piero ligavam para a filha quase toda noite. A conversa era sempre a mesma:

– O que você fez hoje? – perguntava o pai.

– Fiquei na piscina a manhã toda. Depois, saí com a Daphne e a turma para tomar sorvete.

Na verdade, antes das cinco da manhã, Patrícia já estava de pé. Saía para a varanda, onde, ainda no escuro, fazia abdominais e flexões. Tudo no maior silêncio, para não acordar ninguém.

Não perdia um nascer do sol. Ia sempre para a praia e ficava vendo o céu tingindo-se de rosa. Queria ficar o resto da vida ali, vendo o ir e vir das ondas, o voo tranquilo das gaivotas e o andar engraçado dos caranguejos.

Passava o resto do dia com Daphne. Caminhavam na praia ou tomavam sol à beira da piscina. No final do dia, iam encontrar-se com a turma no centrinho da cidade.

Enquanto todo mundo comprava sanduíche natural na praia, Patrícia comia uma fruta. Se iam tomar sorvete, pedia só uma água de coco.

Estava tudo muito legal, mas o final de fevereiro chegou

rápido. Depois de um mês inteiro caminhando na praia, nadando e tomando banho de sol, Patrícia não parecia mais uma daquelas mulheres pálidas e robustas de retratos do século XVIII.

No dia de ir embora, Daphne chorou um pouco quando se despediu de Pablo, o garoto argentino com quem tinha se enrolado.

Patrícia também fez amizade com uma porção de meninos, mas não se esqueceu de Mateus.

Quando chegou em casa, deu um abraço apertado na mãe e correu para o quarto. Um mês sem receber *e-mails*. Será que Mateus escrevera para ela? O que estaria fazendo? Será que iam ficar na mesma classe? E por que o micro demorava tanto para ligar?

Dona Lena seguiu a filha para ver o que era assim tão importante e não podia esperar dois minutos. Encontrou Patrícia impaciente, clicando aqui e ali com o *mouse*.

– Alguém me ligou? Chegou alguma carta?

– Não, mas...

– Tá bom, mãe. Daqui a pouco a gente conversa. – Virou-se novamente para a tela, como se ali fosse o centro do universo. "Nem sinal do Mateus. Vai ver, foi abduzido por alienígenas", pensou, dando uma risadinha nervosa. E, decepcionada com a falta de notícias, foi desfazer as malas.

Naquela noite, não teve como fugir da "Santa Inquisição". Contou para os pais, mais uma vez, tudo o que já havia dito por telefone nas últimas semanas. Estava mais animada do que no mês anterior. Talvez por isso seu Piero e dona Lena tivessem achado melhor não comentar sobre o peso da filha.

* * *

Enquanto seu Piero vestia o pijama, dona Lena escovava os longos cabelos diante do espelho da penteadeira.

Era tarde da noite, mas nenhum dos dois estava com sono. Aflita, foi a mulher quem começou:

– Você viu como ela está magra?

– É, mas parece bem mais alegre. – O marido ajeitava uma pilha de travesseiros enquanto falava. – Sossegue, *amore mio* – disse ele, numa voz suave. – Vai dar tudo certo.

– Se é isso que você pensa... – Dona Lena não terminou a frase. Guardou a escova e deitou-se ao lado do esposo. Apagou a luz do abajur, virou-se para o outro lado e, com um suspiro contrariado, fingiu adormecer.

Seu Piero sentou-se na beirada da cama e ficou olhando pela janela. Perguntava-se qual era a decisão a tomar. Se a menina estava mesmo tão feliz quanto parecia, como poderia obrigá-la a engordar? Por outro lado, e se a esposa tivesse razão? Se Patrícia estivesse doente, então teria outros sintomas... Ou será que não?

Cansado e finalmente com sono, concluiu que era melhor esperar e observar. Sua filha não era mais uma criança.

Enquanto isso, fechada em seu quarto, Patrícia contava para Gilberto absolutamente tudo o que acontecera na viagem. Com quem tinha saído, aonde tinha ido e, principalmente, o que tinha comido. O fiel roedor parecia ouvir com atenção enquanto mordiscava um *cracker* que a garota lhe dera. Vendo o *hamster* comer um biscoito quase maior do que ele, a menina ouviu o estômago roncar. Era hora de outra cápsula de ervas.

Gilberto era o único que via Patrícia tomar o remédio e uma porção de chás com nomes esquisitos que davam vontade de fazer xixi o tempo todo. Na verdade, ela sabia que não precisava mais daquilo tudo. Não era mais a gorducha compulsiva que comia qualquer coisa que lhe colocassem na frente. Agora era uma nova pessoa: bonita, disciplinada e orgulhosa de seu corpo. Mesmo assim, de vez em quando, olhava-se no espelho e imaginava como poderia perder mais uns quilos para diminuir os quadris e acabar de vez com aquela barriguinha horrorosa.

Havia mais uma coisa que só Gilberto sabia. Os dois algarismos mais importantes do mundo. Eram eles que diziam se Patrícia tinha ou não motivos para se considerar feliz. Assim, o *hamster* era a única criatura para quem a menina contara o seu peso. Ela emagrecera vinte e cinco quilos desde o início da metamorfose.

* * *

Numa das tardes em que ajudava o pai no supermercado, Patrícia finalmente viu a "maníaca das escovas", como os outros funcionários a chamavam.

Era bonita e, pelas marcas de expressão do seu rosto, ainda se podia ver que, num passado distante, havia sido feliz. Empurrava o carrinho com delicadeza enquanto olhava as prateleiras.

Patrícia não resistiu e foi falar com ela:

– Posso ajudar?

– Eu preciso de uma escova de dentes.

– As escovas ficam deste lado – disse a garota, enquanto a conduzia até a seção de higiene pessoal. Já ia saindo, quando a mulher a segurou pelo braço, fitou-a com atenção e declarou:

– Você é uma menina linda. Nunca permita que lhe digam o contrário.

Patrícia ficou vermelha e deu um sorriso sem jeito. A outra continuou falando:

– Quantos anos você tem?

– Quatorze.

– Eu tenho uma filha da sua idade. Mas ela não é bonita como você. Aliás, é bem feiosa, coitada. Se eu deixar, ela anda por aí toda suja feito uma porquinha. Pode até ser que tenha piolhos naquele cabelo desgrenhado...

Patrícia não sabia o que fazer. Resolveu perguntar o nome da menina.

– Sheila Cristina Ribeiro Gomes – falou a mulher, séria.

A garota pediu licença e se afastou rapidamente, pensando: "Então eu estava certa... a mãe da Sheila é doidinha! Será que alguém na escola sabe?"

Por alguns instantes, sentiu-se poderosa. Sheila estava em suas mãos. E, se a insuportável começasse a atormentá--la de novo, Patrícia tinha uma carta na manga.

A sensação boa passou de repente, quando Patrícia começou a imaginar como era ter uma mãe assim. Concluiu que nem mesmo Sheila merecia isso.

Capítulo 8

No primeiro dia de aula, Patrícia acordou de madrugada. Vestiu o uniforme novo, oito números menor que o do ano anterior.

Depois, escovou os cabelos com força até ficarem bem brilhantes, sem perceber os fios que tinha deixado para trás

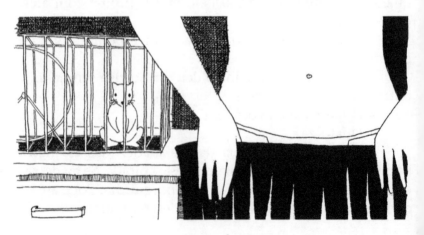

no piso do banheiro. Pintou os olhos com rímel e passou o perfume que havia ganho de vó Justina no Natal.

Seu Piero, que tomava café quando a filha entrou na cozinha, contemplou a menina por alguns instantes e depois disse com um ar maroto:

– *Ma che bella!* Não é mais uma *bambina*, é uma *ragazza!* Ai, se eu ficar sabendo que algum menino se engraçou com você na escola...

Patrícia abriu um sorriso enorme.

Dona Lena, por outro lado, lançou um olhar triste para a filha e comentou:

– Ela sempre foi *bellissima*, seu *pazzo!*

E lá se foi Patrícia com a mochila nas costas e o lanche para Luisinho em uma das mãos. Estranhou quando não o viu na esquina de sempre. Em todo caso, deixou o pacote na calçada e, com pensamentos que não incluíam mais o menino, continuou andando. Tentava imaginar a reação dos colegas quando chegasse à sala de aula.

* * *

Sheila também levantou cedo naquele dia, mas não para se arrumar. Os números do radiorrelógio pareciam flutuar no quarto escuro: 4:23. Acendeu a luz do abajur e, tonta de sono, levou algum tempo para saber o que a fizera despertar. Era o choro desesperado de Cíntia. Quando chegou ao quarto da irmãzinha, viu a mãe parada ao lado do berço usando luvas de borracha. Esfregava uma toalha nos braços e nas pernas da criança.

O cômodo recendia a álcool. Enquanto limpava a filha, dona Marina falava:

– Você está imunda! Dá para ver os micróbios por toda parte! Nós vamos precisar te dar um banho quente com bastante sabão.

– Mãe, pare com isso. Pode deixar que eu cuido da

Cíntia – quis pegar a irmã no colo, mas a mãe não deixou.
– É melhor sair de perto dela, mãe. Não vai querer que os germes da Cíntia passem para você, não é?

Dona Marina soltou a filha e deixou a toalha cair ao lado do berço. Sem tirar as luvas, saiu do quarto feito um zumbi.

Sheila respirou aliviada. Felizmente, dessa vez tinha sido fácil. Nem precisou ligar para o psiquiatra.

Após acalmar a irmã, prometendo que a mãe não iria mais voltar para limpá-la, Sheila colocou-a de volta no berço. Cansada, Cíntia adormeceu num instante.

Na suíte, dona Marina também voltou a dormir. Estava deitada no chão, enrolada num lençol. Observando a mãe, Sheila pensou em como daria qualquer coisa no mundo para ter uma amiga, alguém para quem pudesse dizer coisas que era impossível contar para o pai ou os avós. Não queria que a mãe perdesse a guarda das filhas ou que fosse internada em algum manicômio horrível.

Quando se deu conta, era hora de se preparar para ir à escola.

Não que ela estivesse muito ansiosa para ver as pessoas chatas de sempre, contando as mesmas histórias entediantes de férias na praia, no campo, no exterior. Grande coisa!

Enquanto vestia o uniforme, Sheila planejava o que diria às amigas.

Seus avós, Francisca (ou Quica Ribeiro, como era conhecida nas colunas sociais) e Antenor, haviam insistido em levá-la para os Estados Unidos no começo do ano. Sheila recusou, pois estava enjoada de ir para lá e não queria deixar Cíntia sozinha com Isoldina e, principalmente, com a mãe.

Quando seu Antenor perguntou o que Sheila queria que lhe trouxessem da viagem, ela pediu uma roupa e uma foto de cada lugar que eles visitassem.

Com um álbum completo e um guarda-roupa novo,

ninguém suspeitaria que ela havia passado as férias trancada em casa, assistindo tevê a cabo.

Se alguém perguntasse por que ela não aparecia nas fotos, diria que isso era coisa de emergente que precisava provar que tinha viajado.

E assim começava mais um ano de aulas.

* * *

Chegando à frente da escola, Patrícia percebeu que muitos colegas nem a reconheceram. No portão de entrada, a primeira a vê-la foi Sheila. Patty encarou a outra menina, sorriu e disse com uma naturalidade desconcertante:

– Oi, Sheila Cristina. Como foram as férias?

Antes que Sheila pudesse se recuperar do choque e dizer alguma coisa, Patrícia caminhou pelo corredor até a escadaria que levava para a sua sala. Sabia que todo mundo estava olhando para ela e fez questão de balançar um pouco mais os quadris enquanto subia os degraus.

Os primeiros dias foram um alvoroço. As meninas vinham lhe perguntar qual dieta ela havia feito, se tinha sido muito difícil e se estava tomando algum remédio. Para todas elas, respondia a mesma coisa:

– Não tem segredo, gente. É só uma questão de força de vontade e disciplina.

No meio do redemoinho de atenção e popularidade, Patty quase se esqueceu de Mateus, que continuava sentado no lugar atrás do dela. Daphne assistia com tranquilidade aos cinco minutos de fama da amiga.

Como acontece com toda novidade, a empolgação dos colegas foi passando. Por certo, ninguém mais chamava Patrícia de "Paquiderme", porém a menina já não ouvia comentários do tipo "Nossa, como você está bem!". Será que isso significava que ela ainda não estava do jeito que deveria?

Sheila e sua turma a ignoravam. Haviam encontrado uma nova criatura para perseguir. Valéria chegara no segundo dia de aula e, de acordo com Leonardo, parecia uma seriema: alta demais, pernas finas e nariz enorme. Patrícia voltara a conversar com as mesmas pessoas de sempre, mas nem tudo estava igual. Em vez de concentrar-se nas aulas, ficava pensando nas roupas novas que iria comprar ou numa porção de comidas que, se fossem colocadas na sua frente, a fariam sair correndo. Talvez, por isso, suas notas nas primeiras provas não fossem tão esplêndidas como as de outros tempos. Mas isso não tinha importância. O que contava era que, desde a volta às aulas, ela havia perdido mais dois quilos.

* * *

Não demorou para a coisa desandar. Os menores problemas deixavam Patrícia irritada, e ela já havia brigado com quase todos da sua turma. A única com quem ainda conversava com frequência era Daphne, que tinha uma paciência aparentemente inesgotável.

Até Mateus ouvia poucas e boas:

– Patty, como é que você respondeu o exercício 5?

– Não é da sua conta. Se você não sabe, é porque não estava prestando atenção na aula.

– Mas eu completei o exercício. Só queria conferir o resultado...

– Ah, não enche, Mateus! – disse alto o suficiente para que metade da classe ouvisse.

Boquiaberto, o garoto ficou olhando para as costas da colega. O que ele não sabia é que Patrícia não conseguira completar o exercício. Enquanto a professora dava um exemplo da atividade, ela ficara copiando tabelas de calorias de uma revista de receitas.

Numa aula de história, Patrícia rabiscava uma torta

no caderno quando irmã Clara lhe pediu que fizesse um comentário. Ela não tinha ideia do que a professora estava falando e simplesmente deu de ombros:

– Sei lá, pergunte isso para outra pessoa.

Surpresa com a resposta atravessada, a freira chamou outro aluno. Mais tarde, falou com a madre superiora, que ligou para dona Lena:

– Estamos preocupadas com sua filha. Sempre foi boa aluna e muito gentil. Ultimamente, porém, tem se mostrado um tanto agressiva. A senhora tem ideia do que pode estar causando esse comportamento?

– Ai, madre... Já falei com o meu marido e não sabemos mais o que fazer. De uns tempos para cá, ela está tão diferente da menina que nós criamos! Só fala sobre dietas, calorias e exercícios e não para de emagrecer.

– Vocês consideraram a possibilidade de levá-la a um médico?

– É o que pretendemos fazer, mas Patrícia se recusa terminantemente. De qualquer forma, muito obrigada por ligar. Vou conversar com meu marido para tomarmos as providências necessárias.

Capítulo 9

Patrícia estava com cara de quem engolira uma mosca e depois chupara um limão. Dona Lena não fez caso. O importante era que, depois de três dias de guerra civil na residência dos Grissini, finalmente estavam no consultório do clínico geral.

O doutor Anselmo cuidava de Patrícia desde que ela era recém-nascida. Se irmã Rute se parecia com Mamãe Noel, para o médico ser o Papai Noel só faltava a roupa vermelha. Quando entrou com a mãe na sala, Patrícia pensou de mau humor que, naquele instante, gostaria que ele estivesse no polo Norte.

Ao ver as duas, o doutor Anselmo abriu um enorme sorriso e exclamou:

– Dona Lena, a senhora tem certeza de que trouxe a pessoa certa? Essa não é a *bambina* que eu conheço!

O rosto de Patrícia iluminou-se de orgulho, e, por alguns segundos, a garota esqueceu que tinha sido quase arrastada para lá. O médico fez algumas perguntas de rotina e depois ouviu com atenção o depoimento da mãe. Dona Lena contou das dietas da menina, da queda do seu rendimento escolar, da perda dos cabelos e até do seu frequente mau humor. Patrícia não a interrompeu, mas revirou os olhos e suspirou algumas vezes.

Terminado o relato, o doutor Anselmo pesou a paciente carrancuda, examinou-a e, depois de fazer uma porção de anotações em sua ficha, limpou a garganta e disse:

– No geral, a menina está bem. Pelos seus batimentos cardíacos, poderia ser corredora de maratona. O peso está abaixo da tabela, mas, por enquanto, não há com que se preocupar.

Patrícia olhou para a mãe e disse baixinho:

– Tá vendo? Finalmente alguém que me entende!

– De qualquer forma, vou pedir alguns exames. Também vou passar um material sobre alimentação. – Enquanto falava, começou a revirar uma gaveta até encontrar uns folhetos, que entregou a dona Lena.

A mãe observou por alguns instantes os papéis em suas mãos e depois os guardou na bolsa, sem que a filha tivesse a chance de ver do que se tratava.

Para o cansaço e a queda de cabelos, receitou um complexo vitamínico e suplementos de sais minerais. Pediu que Patrícia retornasse em trinta dias e depois se despediu das duas com seu aperto de mão sempre forte e jovial.

No táxi, dona Lena disse o nome de um *shopping* ao motorista e depois não falou mais nada. Patrícia também foi em silêncio, olhando pela janela, enquanto o carro passava por lanchonetes, restaurantes, mercearias, bares, supermercados...

* * *

Antigamente, a menina não gostava muito de ir ao *shopping*, mas agora adorava ficar observando as pessoas, o que vestiam, se eram gordas ou magras, seu jeito de andar. Naquele dia, notou que bastante gente olhava para ela. Bem arrumada e magrinha, talvez pensassem que fosse alguém famosa!

Após uma tarde toda de andanças pelas lojas, mãe e filha sentaram-se na na praça de alimentação. Enquanto a menina tomava uma xícara de chá, dona Lena tirou da bolsa os *folders* que recebera do médico e colocou-os sobre a mesa. Sem dizer nada, pegou um deles e começou a ler.

Patrícia espiou, fingindo desinteresse. Falavam de bulimia, anorexia e depressão. Será que todo mundo achava que ela estava com depressão? Que absurdo! Nunca se sentira tão feliz e realizada. Tudo bem que, às vezes, batia um cansaço, um sono... Mas isso não era depressão. Ela não sabia muito sobre os outros dois problemas. Tinha ouvido falar que era coisa de modelo que só comia alface e depois punha os bofes para fora. Talvez Sheila ou algum de seus clones tivesse dessas frescuras.

A garota logo esqueceu os *folders* e começou a pensar no que iria comer no jantar. Talvez meia maçã e umas duas torradas e, de sobremesa, uma bolacha doce. Como alguém se atrevia a dizer que ela não se alimentava bem?

Dona Lena continuava compenetrada na leitura:

... A anorexia nervosa é uma doença que normalmente afeta meninas adolescentes, mas também pode ocorrer em meninos e, mais raramente, em mulheres adultas.

A pessoa com anorexia tem pavor de ganhar peso e, muitas vezes, continua se achando gorda, mesmo quando está extremamente magra.

Mais do que um problema relacionado a comida e peso, a anorexia é uma forma que algumas pessoas, geralmente dis-

ciplinadas e perfeccionistas, encontram para lidar com dificuldades emocionais.

Alguns sintomas:
- diminuição gradual das porções de comida;
- prática constante e excessiva de exercícios físicos;
- negação da fome;
- aparecimento de pequenos pelos no corpo e rosto;
- sensibilidade ao frio;
- queda acentuada de cabelo;
- irritação e dificuldade em se concentrar;
- obsessão por alimentos;
- desenvolvimento de outras obsessões e compulsões.

Pacientes que sofrem da doença há menos de seis meses ou que apresentam pouca perda de peso podem ser tratados sem internação. Na maioria dos casos restantes, a hospitalização é necessária.

O tratamento pode incluir psicoterapia e medicamentos antidepressivos.

Dona Lena percebeu que a filha não olhava para os papéis e releu algumas coisas em voz alta.

Quando terminou, fez-se um longo silêncio, que Patrícia finalmente quebrou:

– Isso tudo é muito interessante, mas não tem nada a ver comigo. Como alguém que adora comer e cozinhar, como eu, teria uma doença que faz passar fome? Só estou tentando me manter saudável.

– Você está querendo tapar o sol com a peneira, isso sim.

– Se eu estivesse tentando me matar, com certeza arranjaria um jeito mais rápido. Mas você sabe de todos os meus sonhos... tem tanta coisa que eu ainda quero fazer! Não pretendo morrer tão cedo. Além disso, o que posso fazer se não tenho fome? A verdade é que *antes* eu exagerava!

– Mas parecia muito mais feliz e saudável do que agora.

– Eu não aguentava mais ser chamada de "Pata-choca", "Patty Paquiderme", "Orca", "Lutadora de sumô"! Agora, pelo menos, meus colegas gostam de mim. Só você e o papai é que ficam implicando comigo. Por que vocês não me dão sossego?

– Nós te amamos demais para ver você desse jeito e ficar de braços cruzados. Você precisa de ajuda, filha.

– Tá bom, mãe. Será que dá pra mudar de assunto? Vamos andar mais um pouco, eu queria ver alguns livros.

A mulher respirou fundo enquanto se levantava. Ao ver a filha se afastando, pensou: "Não vamos te deixar em paz enquanto você não melhorar".

* * *

Naquela noite, dona Lena contou ao marido sobre a consulta e o material que recebera do médico. Seu Piero e a esposa conversaram bastante e tomaram uma decisão.

Alguns dias depois, quando Patrícia estava menos zangada, o pai a chamou para dar uma volta no parque.

Sabia que a menina não recusaria uma oportunidade de queimar calorias.

Andaram várias quadras, e então ele comunicou:

– Amanhã cedo, sua mãe e eu vamos levar você a um psiquiatra.

Patrícia freou de repente, e seu Piero parou ao lado dela em silêncio, esperando a reação.

– O quê? Eu não estou maluca para ter de ir ao psiquiatra. Vocês é que precisam de uns calmantes! Afinal, até o doutor Anselmo disse que estou bem.

– Nós conversamos com o médico e foi ele quem deu o nome desse psiquiatra.

A menina demorou um pouco a falar. Seus lábios tremiam e os olhos faiscavam.

– Não vou e pronto. O que é que vocês vão fazer? Me amarrar e depois me arrastar até lá?

Seu Piero alisou o bigode e ignorou a raiva da filha.

– Se for preciso...

Patrícia pôs as mãos na cintura, olhou em volta e falou com um sorriso de sarcasmo:

– Tudo bem, suponhamos que eu concorde. Só de falar comigo, o médico vai saber que não preciso de tratamento. Aí ele vai chamar vocês e passar uma bronca por me submeterem a tamanha tortura emocional. Primeiro, me obrigam a mudar de colégio. Quando finalmente estou me adaptando, vocês me vêm com essa!

– Se tem tanta certeza de que não está fazendo nada de errado, então não vai se importar de ir ao psiquiatra só para deixar sua mãe e eu mais tranquilos.

"Droga!", praguejou em pensamento. Ela se detestava por não conseguir argumentar com o pai. De testa franzida, cabeça erguida e postura impecável, começou a caminhar novamente, deixando seu Piero para trás.

* * *

— Patrícia Grissini. Por aqui, por favor — a recepcionista rechonchuda de cabelo comprido fez a garota se lembrar dela mesma alguns meses antes.

O psiquiatra a esperava parado em frente à porta no final do corredor. Patrícia só ficou certa de que era ele quando o homem lhe estendeu a mão e se apresentou com um cumprimento firme. Mais parecia um lenhador ou, quem sabe, até um eremita, com uma barba acinzentada que escorria até a metade do peito e o cabelo encaracolado, que não viam uma tesoura havia meses. A camisa de flanela era xadrez, as calças eram de veludo e as meias amarelas cobriam pés enormes enfiados numas sandálias de couro muito velhas.

— Boa tarde, Patrícia. Como vai?

Ela teve vontade de dizer que estava indo bem, antes

de a obrigarem a falar com ele. Em vez disso, deu apenas um sorrisinho sem graça.

– Sente-se, por favor.

Patrícia acomodou-se na imensa poltrona, os pés balançando sem tocar o chão. O doutor Romeu girava de um lado para o outro em sua cadeira, observando a menina, enquanto ela olhava em volta.

A iluminação suave dava ao ambiente um ar sonolento. Na parede atrás do médico, havia uma porção de certificados e diplomas de diferentes universidades com nomes estrangeiros.

"Tudo bem, e daí?", pensou Patrícia, mal-humorada.

– Então, o que você quer me contar?

A garota pensou um pouco. Ele continuava a encará-la. De repente, ela não sabia mais o que fazer com as mãos, nem para onde olhar.

– Não sei muito bem... – a voz saiu fraca. Limpou a garganta e começou de novo: – Eu vim mais por causa dos meus pais. Desde que emagreci, eles acham que estou doente. Mas não é verdade. Eu me sinto bem. Só às vezes bate um pouco de cansaço e sono. Todo mundo tem disso, não é?

– O que você acha?

– Bom, pelo menos na escola ninguém mais me chama de "Paquiderme".

– Era isso que a incomodava antes?

– E mais uma porção de coisas. Às vezes parecia que, quanto mais gorda eu ficava, menos as pessoas me enxergavam. Ou, quando percebiam minha existência, faziam cara de desprezo. Se eu estava num restaurante, sentia como se tivesse a palavra "gulosa" escrita na testa, e era isso que todo mundo via quando olhava para mim.

– Sei... – Ele puxou a barba algumas vezes e continuou: – Você ainda se sente assim hoje?

– Não. De vez em quando, vejo pessoas me encarando,

me avaliando. Mas isso não me incomoda mais. Sei que agora estou bonita.

– Então, se você está bonita, não precisa perder mais peso, certo?

– Talvez só um pouquinho de gordura localizada nos quadris e nas pernas. Acho que tenho pernas grossas demais. Fora isso, estou contente.

– Hum-hum... Por favor, tire os sapatos e suba naquela balança. – Ele apontou para o canto da sala atrás de Patrícia.

Ela levantou-se em câmera lenta, o coração batendo na garganta. Que droga! Por que ficar tão nervosa? Ia só se pesar, como fazia todos os dias em casa.

Descalça, Patrícia subiu na balança, o doutor Romeu ao seu lado. Prendeu a respiração enquanto o mostrador digital piscava, antes de sentenciá-la.

O médico olhou para baixo e leu:

– 35,2 kg.

– O quê?! – A menina fingiu surpresa. – Em casa, minha balança estava marcando quase 36!

– Tudo bem. Agora deite-se aqui. – O doutor Romeu mostrou-lhe um divã.

Depois de quase estrangular o braço da menina com o medidor de pressão e cutucá-la com o estetoscópio gelado, o psiquiatra fez uma cara estranha. Levantou a barra da calça de Patrícia e apalpou seus calcanhares. Franziu a testa e disse:

– Suas pernas não são gordas. Estão inchadas.

– Sério? Por quê? Será que estou retendo líquidos? Talvez precise tomar um diurético.

– Isso é sinal de que você está com deficiência de proteínas e outros nutrientes. Vou pedir um exame de sangue completo para saber como está o resto. Pode sentar.

Ele fez mais uma porção de perguntas, algumas até meio indiscretas, e anotou as respostas de Patrícia numa folha de sulfite. Em seguida, rabiscou alguma coisa num outro pedaço de papel e entregou à menina, dizendo:

– Gostaria que você conversasse com este psicólogo. O nome dele é Gilberto. É uma pessoa muito legal, que pode ajudá-la nesse processo.

A menina tomou um susto quando ouviu o nome. Por pouco não disse ao doutor Romeu que havia tempo já conversava com um terapeuta chamado Gilberto. Quem sabe o psicólogo fosse um pouco menos calado que o *hamster* e respondesse suas perguntas de vez em quando. Talvez não fosse tão ruim...

Por fim, o psiquiatra pediu a Patrícia que chamasse os pais. Queria falar com os três juntos. Ela ia abrindo a porta, quando hesitou e perguntou:

– O que vai dizer para eles?

– Que você tem anorexia nervosa.

* * *

– O que estou fazendo neste lugar tão imundo? – dona Marina falou bem alto, enquanto olhava ao redor e franzia o nariz.

– Você vem sempre aqui, mãe. O doutor Romeu quer ver como você está.

– E por que tenho de esperar tanto tempo no meio desta sujeira? – A essa altura, estava quase gritando. – Quero voltar para casa, onde tem menos micróbios. – Nisso, dona Marina havia se levantado e estava saindo da sala de espera.

Sheila foi atrás dela, segurou-a de leve pelo braço e conduziu-a de volta ao sofá.

Mal haviam sentado novamente, e os Grissini passaram pela área de espera. Estavam tão absortos em seus pensamentos que nem repararam na mulher e na menina que aguardavam na sala.

* * *

Naquela noite, depois de voltar do consultório, era como se Patrícia estivesse dentro de uma pintura abstrata. Nada tinha a perspectiva correta, nada mais fazia sentido. Entrincheirada em seu quarto, consolava-se com seu *hobby* mais recente: ler na internet os relatos de outras meninas que buscavam o corpo perfeito e também eram mal compreendidas. Tratava-se de *sites* criados por garotas que os outros chamavam de anoréxicas. Davam dicas interessantes para driblar pais, médicos e amigos, comer cada vez menos e emagrecer ainda mais.

O *hamster* Gilberto caminhava pela gaiola em cima da escrivaninha enquanto Patrícia se lamentava para ele:

– Meus pais, o psiquiatra, o resto da família... É gente demais se metendo em minha vida. Ainda por cima, vou ter de conversar com um psicólogo. Você não vai acreditar, mas o nome dele é Gilberto.

O fiel roedor, que cheirava o *mouse* do computador, ergueu a cabeça ao ouvir seu nome.

– Quem sabe esse tal Gilberto é uma criatura esclarecida como você e vai perceber que se trata de um caso de perseguição à minha pessoa. A coisa é séria, Gil. O doutor Romeu me deu duas opções: ou eu ganho um quilo por semana daqui em diante, ou vou ser internada. Pode isso? Qualquer um que ande dentro de um *shopping* vê um monte de meninas mais magras do que eu, e ninguém sai correndo para chamar uma ambulância! O pior é que, se meus pais quiserem, podem mesmo me internar. Quem sabe, se eu ganhar um quilo ou dois, esse povo me dá sossego!

* * *

No dia seguinte, no começo da primeira aula, enquanto Patrícia tirava o material da mochila, Mateus cutucou-a e falou baixinho:

– Acho bom você ver o que está escrito no quadro.

Em letras grandes, no meio da lousa, havia um anúncio: *Visite www.paginaspessoais.com.br/pattypalito*

"Não entendi!", pensou distraída. Só caiu a ficha quando irmã Clara entrou na sala e começou a chamada. A manhã arrastou-se a passo de tartaruga. Assim como o resto da classe, a menina não via a hora de chegar em casa e ver o que tinha naquele *site*. Devia ser mais uma das bobeiras da Sheila, aquela loira desbotada. Quando a última aula finalmente terminou, Patrícia apressou-se em ir para casa, com Daphne atrás dela. Dependendo do que houvesse no *site*, a amiga imaginou que talvez a garota precisasse de apoio.

Depois de uns dois minutos que mais pareceram duas horas, ambas conseguiram finalmente acessar o *site*.

A página inicial era a capa de um livro com o título: *As aventuras de Patty Palito*. Patrícia clicou em cima das letras garrafais, e um texto apareceu na tela.

Daphne começou a ler em voz alta:

Para aqueles que não se lembram, no último episódio off-line de As aventuras de Patty Paquiderme, *nossa heroína balofa foi atingida por um misterioso raio cósmico e perdeu seus superpoderes.*

Os raios também afetaram seu cérebro já debilitado, fazendo-a pensar que ficaria bonita se emagrecesse. Então, a Paquiderme fechou a boca de vez e agora ela é Patty Palito – a rainha das top models *da Etiópia!*

Dizem que sua roupa listrada tem só uma listra porque não cabe mais. Em dia de ventania, Patty Palito enche os bolsos de moedas para fazer peso e, em dias de chuva, não se molha porque sempre consegue desviar dos pingos.

O texto continuava, mas Daphne parou de ler e olhou para Patrícia, que estava com os cotovelos apoiados sobre a mesa, segurando a cabeça com ambas as mãos e olhando fixamente para a tela.

No final da página, em letras que piscavam, lia-se:

Não percam o próximo capítulo – "Patty Palito vai ao psiquiatra".

As amigas trocaram olhares. Patrícia suspirou e disse:

– Que droga! Quando era gorda, gozavam de mim. Agora que estou magra, continuam me atormentando!

– Tu não podes dar tanta atenção a essas meninas. A Sheila e suas amigas falam mal de todo mundo. O que elas não sabem é que o resto da escola vive tirando um barato delas.

– Verdade? – perguntou Patrícia, franzindo a testa.

– Tu nunca ouviste o Caio dizer que a Sheila e sua turma são as *Barbie Girls*? Isso pra não falar em todas as piadas sobre loiras que circulam por aí.

– Eu não tinha notado...

– Chega de enrolação. Vais me contar o que está acontecendo ou não?

Patrícia não disse nada por um longo tempo. Percebeu que a amiga estava séria, esperando uma resposta. Sabia que ela não desistiria facilmente e que não poderia lhe dar alguma desculpa esfarrapada. Por isso, contou tudo. Desde o dia em que decidira começar a metamorfose até a consulta com o psiquiatra.

– E agora? – Daphne ergueu as sobrancelhas.

– Tenho de voltar ao consultório do doutor Romeu daqui a uma semana. Também preciso fazer um relatório da minha alimentação e mostrar para uma nutricionista que vem aqui amanhã e, depois, a cada quinze dias. Acho que, se for internada, vou ficar louca. É estranho... às vezes fico pensando se estou mesmo doente. E, se estiver, será que vou conseguir melhorar?

– Claro que vais, guria! Pensa só: tu precisaste de muita força de vontade para emagrecer tanto. O problema é que não resolveste perder peso para ficar mais saudável.

Foi só para que os outros te achassem mais legal. Além disso, passaste um tantinho do ponto. Agora vais ter de usar tua disciplina para te recuperares.
— Nossa, até parece o doutor Romeu falando.
— É sério, estou aqui para o que der e vier, *my friend*.

Quando Daphne saiu, brotou em Patrícia uma pontinha de esperança. Quem sabe a amiga, os pais e o doutor Romeu estivessem certos. Decidiu que iria tentar!

* * *

Era mais fácil falar do que fazer. Na hora do almoço, sentada diante do prato de comida, Patrícia estava certa de que jamais daria conta da gigantesca porção. De um lado do prato, havia uma cordilheira de purê de batata. Perto dela, um imenso lago de molho de carne e, do outro lado, uma floresta de brócolis. Dona Lena sentou-se à mesa e ficou esperando a filha começar. Esta fez uma expressão suplicante para a mãe, mas não teve jeito... a mulher continuou a olhá-la firmemente e esperar.

Para disfarçar, a menina construiu represas de purê ao redor do molho e cercou-as de arvorezinhas de brócolis.

– Patrícia Grissini, você pode ficar empurrando a comida de um lado para o outro até se cansar. Porém, enquanto não comer pelo menos um pouco de cada coisa, nenhuma de nós sai desta mesa.

A garota até pensou em responder. Mas, como a mãe a chamara pelo nome completo e estava com a testa franzida, achou melhor obedecer. Ainda de cara feia, comeu duas "árvores", um pouco de batata e três átomos do molho.

À tarde, entrou novamente no *site* Patty Palito e procurou um *e-mail* para comentários. Não ficou surpresa quando viu que o endereço era da insuportável Sheila.

Perfeito! O *site* estava com as horas contadas.

* * *

Sheila não esperava que o *website* fosse fazer tanto sucesso. Não parava de receber mensagens. Umas eram do pessoal que tinha adorado a história e dava até ideias para outros episódios. Outras eram da turma que apoiava Patrícia e chamava Sheila de maldosa.

Finalmente, chegou a mensagem que ela esperava:

Sheila Cristina,

Caso você não saiba, os sistemas de segurança dos supermercados têm fitas de vídeo com todos os clientes que entram na loja. No mercado do meu pai, o pessoal gosta demais de uma mulher esquisita que sempre compra escovas de dentes.

Quem sabe eu deveria criar um site *com essas imagens, para todo mundo poder rir da "Maníaca das Escovas" e da filha que, segundo ela, é uma porquinha.*

Sheila pegou o teclado e, segurando-o com as duas mãos, bateu com ele na mesa várias vezes, até começarem a voar teclas para todos os lados. Só parou de gritar e se debater quando Isoldina a segurou com seus braços fortes, enquanto repetia:

– Calma, minha menina. Calma. Não faça assim...

Isoldina deixou Sheila chorar e falar uma porção de palavrões enquanto ainda a abraçava. Quis saber o que acontecera, mas a menina desvencilhou-se de seus braços, encolheu-se num canto da cama e fechou os olhos.

Estava escuro quando Sheila acordou. Tinha um zunido na cabeça e um gosto amargo na boca. Por alguns instantes, não conseguia lembrar por que estava tão miserável. Mas na tela do computador ainda brilhava o *e-mail* de Patrícia.

Pronta para escrever uma resposta, descobriu que não podia, pois o teclado estava imprestável.

Teria de fazer a coisa do jeito mais difícil.

* * *

Seu Piero e dona Lena haviam saído logo após o jantar. Enquanto Patrícia fazia uma sequência de abdominais, foi interrompida pelo toque do telefone.

– Alô?

– Aqui é Sheila – Patrícia quase não reconheceu a voz do outro lado da linha. Sem dar chance para a outra falar, Sheila continuou: – Estou tirando o *site* do ar. – As palavras saíram engasgadas.

"Aposto que ela está chorando", pensou Patrícia, com uma ponta de prazer. E disse: – Oh, que emoção! Era só isso que você tinha para me dizer?

A resposta não veio de imediato.

– As histórias foram uma péssima ideia...

Sheila iria romper em pranto a qualquer momento, mas Patrícia estava determinada a não facilitar as coisas.

– Isso é um pedido de desculpas?

– É.

Patrícia poderia ter desligado em seguida, mas...

– Só vai tirar o *site* do ar porque está com medo que todo mundo fique sabendo sobre ela, não é?

A conversa não estava indo como Sheila Cristina havia planejado.

– Talvez. Sei lá... Isso importa?

Boa pergunta. Será que importava?

– Acho que não.

– Vou desligar – disse Sheila, soando cansada.

Num impulso, Patrícia ainda falou:

– Espera, Sheila. Posso te perguntar uma coisa?

– Fala.

– Como soube do psiquiatra? – A ameaça de um novo episódio com aquele tema incomodara Patrícia mais do que toda a história.

– Eu estava lá na clínica e vi você.

– Você foi com a sua mãe?

– Fui. Por quê?

Outra boa pergunta... Patrícia não sabia mais aonde queria chegar.

– Deixa pra lá. Nem sei por que estou falando com você. – E, antes que Sheila pudesse dizer qualquer coisa, Patrícia desligou o telefone.

* * *

A nutricionista não era nada do que Patrícia imaginara. A moça diante dela devia ter quase um metro e oitenta de altura e, de acordo com o olhar clínico da menina, pesava uns oitenta e poucos quilos. Alguém daquele tamanho iria tentar engordá-la feito peru em mês de dezembro.

Dona Lena saiu da cozinha e encontrou a filha estática na frente da porta aberta. A moça agora sorria, sem parecer encabulada com o olhar inquisidor de sua nova cliente.

– Patrícia, isso são modos? Convide a doutora Estela para entrar.

– Oi, pode me chamar só de Estela. Como vai?

– Prazer. Esta estátua aqui é Patrícia, minha filha. Normalmente, é um pouco mais educada.

– Não se preocupe. E então, Patrícia, vamos trabalhar?

Estela passou a hora seguinte fazendo perguntas sobre o que Patrícia ainda gostava de comer e a quais alimentos tinha aversão. Explicou que o objetivo não era só ganhar peso, mas ter uma dieta equilibrada, incluindo alimentos de todos os tipos: carboidratos; frutas, legumes e verduras; laticínios, ovos e carnes. No final, entregou-lhe um cardápio básico, uma tabela com os grupos de comida e o nome de alguns suplementos alimentares que ajudariam a garota a repor vitaminas, proteínas e minerais.

* * *

Naquele mesmo dia, Patrícia tinha um horário marcado com o psicólogo. Para sua surpresa, Gilberto não era um sujeito baixinho, meio peludo, com olhinhos redondos e bigodes espetados. Aliás, não lembrava em nada um *hamster*.

Ao cumprimentá-lo, a menina desconfiou. Não podia ter mais que uns trinta e cinco anos. Será que era um estagiário? Será que ela era sua primeira cobaia? E como será que estava o tempo lá no alto?

Pelo porte, poderia muito bem ser jogador de basquete, mas, pelo rosto, estava mais para um daqueles *hobbits* do filme *O Senhor dos Anéis*. Além das orelhas um tanto grandes e do nariz longo e fino, tinha olhos azuis muito profundos, que pareciam sorrir o tempo todo.

Patrícia não demorou a descobrir que, assim como o seu roedor, o Gilberto psicólogo a fazia sentir-se à vontade. Quando deu por si, estava contando para ele uma porção de coisas da escola e da sua família, e a sessão de uma hora acabou durando quase duas.

Voltou para casa ligeiramente mais animada. Porém, ao ver o jantar na sua frente, concluiu que nem um milhão de Gilbertos poderiam ajudá-la.

* * *

Três dias antes da consulta, Patrícia estava quase duzentos gramas mais pesada! As vozes dentro dela começaram a brigar outra vez. Uma queria sair para comer *pizza*, se entupir de sorvete e tomar um porre de refrigerante. A outra morria de medo de perder o controle, de não conseguir parar, de se empanturrar até explodir.

Chegado o dia da consulta, só havia ganho quatrocentos gramas. Podia até sentir aquele cheiro horrível de remédio e desinfetante de hospital.

Se fosse internada, teria de ficar sob vigilância numa enfermaria. Com certeza, as outras meninas seriam mais magras e doentes do que ela. Passaria os dias sem fazer nada... olhando para o teto.

Era hora de mais uma "ideia brilhante".

Olhou para o *hamster*. Se fosse mais gordinho, poderia levá-lo no bolso e, assim, parecer mais pesada.

– Alguma ideia, Gilberto?

O roedor parou nas patas traseiras, olhando para sua dona sem piscar. Patrícia estava certa de que, se pudesse falar, ele responderia: "Que tal uma bigorna?".

A menina aproveitou que estava sozinha em casa e foi à caça daquilo que a salvaria da internação.

O armário de mantimentos da cozinha, como sempre, estava cheio. Açúcar, feijão, farinha, todos em sacos grandes demais para ela esconder debaixo da roupa. Pior: e se um dos sacos rasgasse e ela saísse do consultório deixando uma trilha de feijões?

Após vasculhar o resto da casa, encontrou finalmente, no quarto dos pais, dois objetos perfeitos.

Mesmo sendo verão, vestiu uma blusa de moletom, pois estava sempre com frio, e prendeu um objeto em cada lado do sutiã, embaixo do braço. Era impossível vê-los ali. Pesou-se novamente. Num passe de mágica, havia ganho, ao todo, quase um quilo.

* * *

Depois de uma porção de perguntas e da leitura do relatório de alimentação (que, aliás, Patrícia havia "editado" de leve antes de imprimir), era hora de sentar-se na mesa de exames. Enquanto o doutor Romeu media sua pressão e os batimentos cardíacos, ela ficou olhando para as meias de bolinhas que ele usava com as sandálias.

– Quarenta e cinco batimentos por minuto... – Aquilo era bom ou mau? Pela expressão dele, não era nada para ela se orgulhar.

– Tire os sapatos e suba aqui, por favor. – O psiquiatra agora estava ao lado da balança, esperando-a desamarrar os cadarços.

Levantou-se depressa demais, ficou tonta e quase caiu para a frente. O doutor Romeu a segurou, mas, nisso, um dos pesos soltou-se do esconderijo e acertou em cheio o pé do médico.

Depois de um grito de "Ai!" bem alto, ele abaixou-se e pegou uma bateria de celular daquelas bem antigas.

Patrícia queria que o chão se abrisse e a engolisse. Já se preparava para a bronca, quando o doutor Romeu, com a voz muito calma, lhe perguntou:

– Tem mais alguma coisa que você gostaria de me entregar, mocinha?

Envergonhada demais para mentir, Patrícia passou-lhe outra bateria igual à primeira. Depois, subiu novamente na balança, que, desta vez, mostrou que a menina havia ganho pouco menos de quinhentos gramas.

Patrícia fitou o médico com um olhar de cachorro perdido e resmungou, quase chorando:

– Por favor, não me interne! Prometo que esta semana vou melhorar. Se eu for para o hospital, vou ficar tão deprimida que sou capaz de morrer!

– Tudo bem, mas, se você não ganhar pelo menos mais um quilo, venha com as malas prontas – disse com voz firme, porém gentil. – Vou lhe dar um atestado. Você deve ficar em casa, em repouso absoluto.

– Mas eu parei de fazer exercícios...

– *Repouso absoluto* quer dizer *ficar na cama* – completou o médico, com um sorriso.

* * *

Três dias depois, Patrícia não aguentava mais ficar enfurnada em seu quarto. Uma tevê substituía a esteira, mas a menina não queria ficar na frente do aparelho como um vegetal, assistindo àqueles programas bobos. Precisava sair, caminhar, exercitar-se. Podia sentir calorias acumulando-se lentamente em seu corpo e transformando-se em gordura. Tinha vontade de gritar. Queria nunca mais ver comida. Estava cansada de tudo e de todos. Por que não a deixavam em paz?

Patrícia pulou de susto quando ouviu baterem forte à porta. Quem poderia ser? Os pais tinham pegado a chave do quarto para que ela não se trancasse mais. Ultimamente, entravam sem avisar, quem sabe tentando pegar a filha de surpresa, fazendo algo que não devia, como esconder comida ou exercitar-se.

Daphne vinha todas as tardes para falar das aulas e colocar a amiga em dia com as matérias, mas ela não tentava derrubar a porta daquele jeito. A batida se repetiu, desta vez um pouco mais fraca. A menina ajeitou-se na cama e escondeu a revista *Forma perfeita* debaixo do cobertor.

– Entra.

A porta abriu-se lentamente, rangendo um pouco, igual àquelas dos filmes de terror. Mas, no lugar de um mordomo pálido e encurvado, lá estava ninguém menos que... Mateus!

Com a testa franzida e os lábios levemente curvados para cima, o garoto não sabia se sorria ou ficava sério.

A cena era um tanto estranha: um menino vestindo uma camiseta larga e calças enormes, usando tênis que mais pareciam naves espaciais, segurando um vaso com uma única orquídea lilás. Como ele sabia que essa era sua planta predileta?

– E aí, Patrícia?... – Ele continuava parado ao lado da porta, a flor balançando perto da sua orelha.

– É para mim?

– O quê?

– A orquídea... É para mim?

Ele não disse nada, mas fez que sim com a cabeça. Num gesto meio incerto, estendeu-lhe o vaso, segurando-o com as duas mãos.

Patrícia levantou-se, pegou o presente e, por um instante, seus dedos tocaram os de Mateus. Sentindo o rosto corar, não teve coragem de olhar para o amigo. Rapidamente, colocou a orquídea na estante, perto da gaiola de Gil.

Num gesto automático, enrolou os dedos num dos cachos de cabelo. Foi quando se deu conta de que devia estar horrível, com o velho moletom rosa cobrindo as formas de seu corpo. Pior ainda era o par de meias azuis que dona Lena havia tricotado para ela uns quatro anos antes.

Mateus continuava no mesmo lugar, as mãos no bolso das calças e aquela expressão engraçada no rosto.

Patrícia apontou para a cadeira giratória:

– Senta. O preço é o mesmo.

Sorrindo sem jeito, o garoto sentou-se sem tirar as mãos do bolso, os dois pés plantados juntos sobre o carpete cor de pêssego: tão relaxado quanto um manequim de vitrine.

– Obrigada pela orquídea. E pelos *e-mails* também. É bom receber suas mensagens todo dia. – Patrícia cruzou as pernas sobre a cama, tentando esconder um furo na meia.

– O que você tem feito de bom? – perguntou Mateus, olhando para baixo.

– Normalmente, não faço nada a manhã inteira e, à tarde, eu descanso.

– Verdade? Legal... – Obviamente, o garoto estava distraído, preocupado demais com o que iria fazer em seguida.

Criou coragem, levantou e foi sentar-se ao lado de Patrícia na cama.

Gilberto observava atentamente o que se passava no quarto. Movia o focinho de um lado para o outro, como que tentando identificar quem era o visitante que estava tão perto de sua dona.

Por alguns momentos, não havia mais ninguém no mundo, não havia mais nada com que se preocupar.

Foi o primeiro beijo dos dois. Em seguida, não sabiam muito bem para onde olhar ou o que dizer.

– Preciso ir embora... te ligo mais tarde. – O menino levantou-se depressa e, depois, ficou parado na frente de Patrícia.

No olhar tímido de seu amigo, a garota podia ver carinho e preocupação. Dessa vez foi ela quem ficou imóvel. Mateus estava abrindo a porta quando ela falou:

– Amanhã tem jogo da seleção. Quer assistir comigo?

– Claro! – Era como se ela tivesse perguntado se ele queria ganhar um milhão de dólares.

Distraído, o garoto quase trombou com dona Lena, que vinha carregando o almoço da filha numa bandeja.

Patrícia estava tão feliz que até comeu toda a salada e provou uma porção simbólica do frango com batata.

* * *

– Gilberto do céu! Você viu? Nem acredito que ele me beijou! Estudou o ano passado inteirinho comigo, e a gente só conversava. Agora que estou bonita, ele quer ficar comigo.

O *hamster* pegava pedacinhos de jornal de um canto da gaiola e levava para o outro lado. Pelo jeito, estava redecorando a casa. Patrícia não se importava e continuava falando.

– Eu não quero ficar me empanturrando, nem fazendo essa porcaria de repouso. Se eu virar baleia outra vez, o Mateus não vai querer mais nada comigo.

Nisso, o computador anunciou que tinha mensagem para ela. Com um friozinho na barriga, ela abriu o *e-mail*:

Patrícia,
Não sou muito bom nessas coisas de namorar e, sei lá... mas

queria dizer que gosto pra caramba de você desde o ano passado. Só que eu nunca tive coragem de te falar. Afinal de contas, por que uma menina tão inteligente e bonita iria querer ficar comigo? Tipo, sei lá... O mais importante é que você fique boa logo. Estou com saudades da Patty "cheinha" que adorava comer chocolate escondido no meio da aula (você pensou que eu nunca tinha percebido?).

Se eu puder ajudar, me fala, tá bom? Sei que você vai conseguir sair dessa!

Te adoro,

Mateus

Gilberto, que dormia em seu novo ninho de papel, foi acordado com a menina cutucando-o pela grade.

– Não entendo mais nada, Gil. Como é que o Mateus pode dizer que era apaixonado por mim no ano passado? Ninguém gosta de gente gorda. Ou será que gosta? Quer saber? Talvez essa coisa de fazer dieta não valha tanto a pena. De repente, eu devo mesmo é tentar ganhar um pouco de peso. Mas tenho tanto medo de ficar balofa de novo...

Vendo que Patrícia olhava pela janela, o *hamster* aproveitou a trégua para dar mais uma cochilada. Ela estava ocupada demais com seus próprios pensamentos para perceber que falava sozinha.

– A nutricionista disse que, se eu me alimentar direito, isso não vai acontecer. Quem sabe ela está certa... hein, Gil?

Patrícia ainda debatia suas questões filosóficas com o *hamster* sonolento quando alguém bateu de leve à porta. Era Daphne, que, sem a menor cerimônia, entrou e jogou-se ao seu lado na cama.

– Que flor liiinda! Algum admirador secreto?

Naquele momento, Patrícia teve certeza de quem havia falado para Mateus de seu gosto por orquídeas.

– Não seja fingida. Você sabe muito bem quem foi.

Daphne até quis disfarçar, mas não teve muito jeito. Abraçou Patrícia com força e falou:

– Eu fico feliz que os dois estejam juntos. Tu mereces alguém legal, e o Mateus é super gente boa.

– É... – Patrícia corou.

– Aliás, parece que tu estás virando uma celebridade. Trouxe duas cartas do pessoal lá do colégio. – E entregou os envelopes para Patrícia com um sorriso.

O maior deles continha um cartão do Garfield com desejos de melhoras e uma porção de assinaturas, entre elas uma frase escrita em cor-de-rosa, com letras redondas: "Você vai conseguir".

Daphne viu a amiga enxugando os olhos com a manga do agasalho. Podia contar as veias e tendões de suas mãos. Com dedos ossudos e trêmulos, Patrícia abriu o outro envelope. Respirou fundo antes de ler a carta, como se o simples esforço de rasgar o papel a deixasse exausta. Desdobrou lentamente o grosso vergê cor de creme:

Querida Patrícia,
Tenho duas coisas para lhe falar. Uma chata e uma legal. A chata é que, enquanto tentamos ser aquilo que os outros querem, é impossível encontrar felicidade. Sempre vai haver alguém que detesta as roupas que usamos, ou acha que temos nariz feio, pernas finas, voz estranha, jeito engraçado... Nunca vamos conseguir agradar a todos; é bobagem perder nosso tempo com isso.

Agora, a parte legal: também sempre vai haver gente que gosta de você por aquilo que você tem de bom.

Mas o melhor de tudo é que sempre haverá um outro grupo de pessoas (ainda que pequeno) que vai amá-la simplesmente porque você é você!

São essas pessoas que fazem nossa vida valer a pena. E são elas que, neste momento, estão preocupadas com você. Por isso, não tenha medo de buscar soluções, não desista, mesmo quando tudo parecer impossível.

E, sobretudo, não se esqueça de que você foi criada por Alguém que a ama muito e, por isso, você é única e insubstituível!

Com carinho,
Irmã Rute

* * *

Duas semanas de tratamento, e Patrícia queria desistir. Afinal, para que continuar ganhando peso? Que sentido fazia comer até sentir-se empanturrada e com enjoo? Para que os relatórios ridículos de cada migalha que punha na boca? Seria tão mais fácil deixar as coisas como estavam...

O doutor Romeu lhe explicou que era natural ficar desencorajada, mas que devia continuar tentando. Do contrário, ou passaria o resto da vida em repouso (argh!), ou morreria. Era simples assim.

Por isso, mesmo sem nenhuma vontade, Patrícia continuou seguindo a dieta da nutricionista e fazendo o insuportável repouso. Saía de casa só para ir às consultas. Às vezes, as conversas com o psicólogo eram legais, mas tinha dias que mexiam com coisas que doíam demais. Chorava tanto que quase precisava tomar um isotônico (o popular *gatorade*) para repor a perda absurda de líquidos e minerais. Felizmente, o Gilberto da clínica tinha muita paciência, boas ideias e uma caixa de lenços bem grande. E, melhor ainda, o Gilberto do seu quarto continuava um amigo fiel e atencioso, que tinha todo o tempo do mundo para ouvir as lamentações de sua dona.

Nove semanas de tratamento, e a balança marcava três quilos a mais. Todo mundo lhe disse que era uma grande conquista, mas, para Patrícia, o que falava mais alto era o medo de virar uma orca outra vez.

Onze semanas intermináveis, feitas de sete eternidades que se dividiam em seis refeições. Algumas noites, a menina ainda era despertada pela fome, mas se recusava a levantar e comer. Quando voltava a dormir, tinha sonhos estranhos. Dona Lena ia sempre até o quarto e velava seu sono agitado. Dizia uma prece enquanto ajeitava os cobertores, depois beijava suavemente a testa da filha.

No último dia da décima segunda semana, Patrícia repetiu o ritual de toda santa manhã: saiu da cama e foi se olhar no espelho grande. O reflexo a observava como se não a conhecesse. Cerrou os olhos com força. Depois, pela primeira vez em muito tempo, ela os abriu e, finalmente, se enxergou. Não tinha bochechas grandes, nem queixo duplo, nada de busto ou quadril. Só ossos salientes e assustadores.

Chorou um pouco pela figura raquítica que viu no espelho. Chorou porque sabia que não era mais uma criança. Se resolvesse desaparecer de vez, ninguém poderia fazer coisa alguma. Como diria o Mateus, a bola estava do seu lado da quadra.

Gilberto, que roía um pedaço de papel, parou e olhou para a dona, como se entendesse o que acontecia. Patrícia completava sua metamorfose, pois começou a perceber que seu valor não tinha nada a ver com peso e medidas.

    Daquele dia em diante, ainda precisaria se olhar no espelho muitas vezes e tentar se convencer de que deveria continuar se alimentando. Estava voltando a ter as formas de uma pessoa normal, e não virando uma aberração de circo (como muitas vezes se sentia, depois de uma refeição maior).

    Mais vinte semanas. Mais cinco quilos. "E se você passar do peso ideal, continuar engordando e não parar mais? Vai voltar a ser a 'Patty Paquiderme', a menina invisível, a colega sem graça. O Mateus nunca mais vai querer olhar para você."

    Dessa vez, porém, Patrícia tinha uma resposta para os pensamentos impertinentes que ainda insistiam em incomodá-la: "Podem parar! Isso não vai acontecer. E, ainda que eu volte a ficar gordinha, qual o problema? Se o Mateus gosta mesmo de mim, como ele sempre fala, isso não vai mudar. Não é mais a balança que me diz como devo me sentir!"

* * *

    Foram quase dez meses em que passou dias inteiros sem comer, chorou, perdeu peso. Encontrou forças que não eram dela para continuar. Sorriu. Ficou grata por ter pais que a amavam tanto, amigos que ligavam sempre. Gente que vinha visitá-la e não lhe dizia "Nossa, como você está bem!". Daphne, que a fazia rir, chorava com ela e aguentava suas crises de mau humor. Mateus. Ah, Mateus... Seus olhos brilhantes, seu toque suave, o sorriso tímido que de vez em quando aparecia em seus lábios...

Um pouco sem fôlego, Patrícia ainda pensava no menino quando o táxi parou em frente à clínica.

Aquela era sua primeira consulta desacompanhada. Como as coisas haviam mudado! Claro que seus pais ainda se preocupavam com ela. Mas, agora, começavam a entender que a filha estava crescendo e precisava aprender a se cuidar.

Sheila estava na sala de espera quando Patrícia entrou. As duas se olharam e, como de costume, não disseram nada. Naquele dia, porém, Patrícia não resistiu. Não se lembrava de ter assinado nenhum pacto de silêncio com a outra e, por isso, perguntou em voz alta e clara:

– E sua mãe, como está?

Sheila a olhou um pouco espantada e ajeitou o cabelo enquanto falava:

– Bem melhor. Está tomando um remédio novo – hesitou um pouco e continuou: – Ela é como você, não desiste fácil.

Capítulo 10

Quase duas da tarde, e o dia seguinte era segunda-feira. Que diferença fazia o molho do macarrão ou o recheio do rocambole? As coisas mais gostosas do almoço de domingo eram o abraço de vó Justina, seu sorriso quando olhava para os netos e a alegria com que preparava cada prato. Era uma delícia ficar ajudando na cozinha e ouvindo as histórias de quando a *nonna* ainda era moça e vivia na Itália.

Patrícia começou a entender os almoços de domingo. Na verdade, eram um pretexto para reunir ao redor da mesa uma família cheia de pessoas que riam, cantavam e gritavam umas com as outras de vez em quando, mas que, no final do dia, se despediam com abraços fortes e sinceros.

* * *

Domingo à noite, depois de falar com Mateus por mais de uma hora pela internet, Patrícia finalmente se desconectou. Levantou-se da cadeira e se espreguiçou. Abriu a gaiola de Gilberto, pôs o *hamster* no ombro e começou a mover-se pelo quarto.

– Vamos dançar, Gilberto? Viver é bom demais, não acha? Será que os *hamsters* se apaixonam? Talvez devêssemos providenciar uma companheira para você... Que tal?

Patrícia esticava um dos braços por sobre a cabeça, flexionava os joelhos e fazia piruetas. Se olhasse para Gilberto, talvez percebesse que o coitado começava a enjoar. Mas ela estava feliz demais. Não queria dormir, pois tinha medo de acordar e descobrir-se uma menina raquítica que odiava tudo e todos.

Para felicidade do roedor, sua dona o colocou de volta na gaiola. Então, Patrícia olhou-se no espelho e repetiu para si mesma que não tinha com que se preocupar, estaria exatamente daquele jeito no dia seguinte.

Só precisava fazer mais uma coisa antes de dormir. Abriu um arquivo novo no computador e começou uma carta que havia muito tempo queria escrever.

"Querida" anorexia,

Esta é a primeira e última carta que escrevo para você. Daqui para a frente, vamos nos ver cada vez menos.

Eu queria avisar que, de hoje em diante, não vou mais deixar você me controlar, me dizendo o que posso comer ou não. Chega de mandar em meu corpo, me fazendo correr, pular, me mover, mesmo quando eu não aguento mais.

Não acredito nas coisas que você sussurra em meu ouvido. Não sou gorda, feia, burra, fraca, nojenta e muito menos gulosa; nunca fui nada disso. Quem é você para dizer que eu valho quanto peso?

Graças às suas mentiras, eu estava morrendo. Posso não

ter muita energia, mas você não vai conseguir tomar de mim a vontade de viver.

 Há pessoas que me amam e das quais eu não quero me separar. Afinal, se eu deixar que você me leve, nunca serei uma chef famosa. Nunca encontrarei o companheiro maravilhoso com quem espero passar o resto da vida. Não conhecerei as ruínas de Roma, os museus de Florença e os canais de Veneza. Se eu me entregar, quem vai cuidar de Gilberto? Quem vai ajudar minha mãe a arrumar a ceia de Natal? Quem vai ouvir as piadas do papai duzentas vezes e ainda rir delas? Quem vai fazer biscotti iguaizinhos aos da vó Justina?

 Por causa do que me fez passar, começo a entender coisas como aquelas que irmã Rute me escreveu. Ela tem razão: fui criada por Alguém que me ama e, por isso, sou única e insubstituível.

 Da menina que já ganhou dez quilos,
 Patrícia

SÉRIE diálogo   editora scipione

Roteiro de Trabalho

Patty Palito
Susana Klassen

O mundo de Patrícia virou do avesso quando ela deixou a escola estadual para estudar em um colégio de freiras. Seu apetite e seus quilos a mais chamaram a atenção da maldosa Sheila Cristina e de sua turma, o que lhe rendeu o apelido de Patty Paquiderme, entre outras ofensas. Humilhada, a menina decidiu emagrecer a qualquer custo. Mas acabou pagando bem caro por isso.

AS PERSONAGENS

1. Associe as personagens às suas características ou aos fatos a elas relacionados.

(a) Filha de advogado, falava sem parar.   (   ) Vó Justina

(b) Professora baixinha, roliça e elétrica.

3. Quem disse o quê? Assinale V para as alternativas verdadeiras e F para as falsas. Neste último caso, indique o nome correto do autor da frase.

(   ) Patrícia: "Sou prisioneira na minha própria casa, vivendo a pão e água e fazendo trabalhos forçados!"

_____

(   ) Caio: "Iogurte, cerveja, bolo de chocolate!"

_____

(   ) Sheila: "Ela que não queira dar uma de boa aluna pra cima de mim. Eu juro que vou fazer da vida dela um inferno!"

_____

(   ) Dona Lena: "Pode pôr mais umas três almôndegas nesse prato."

_____

(   ) Mateus: "Você me dá o seu *e-mail*?"

_____

(   ) Isoldina: "Eu não trocaria este momento

2. De que forma a garota se livrava dos lanches caprichados preparados por dona Lena?

_____

_____

_____

_____

3. Por que Isoldina achava que a vida de Sheila Cristina era um inferno?

_____

_____

_____

_____

4. Que influência a "voz interna" exercia sobre Patrícia?

_____

_____

_____

8. Quando se tornou evidente que a menina sofria de anorexia nervosa?

_____

_____

9. O que a garota fez para enganar o doutor Romeu e parecer que tinha aumentado de peso?

_____

_____

10. Além de recuperar dez quilos, o que Patrícia descobriu de positivo em tudo o que aconteceu?

_____

_____

_____

_____

_____

_____

_____

11. Certo (C) ou errado (E)?

PONDO ORDEM NA HISTÓRIA

Numere os fatos em ordem cronológica.

(   ) Daphne e Patrícia passam alguns dias na praia.

(   ) O *site* de Patty Palito é divulgado na lousa do colégio.

(   ) Patrícia recebe a notícia de que vai estudar no colégio Divina Graça.

(   ) Mateus convida Patrícia para ir ao cinema.

(   ) Dona Lena e seu Piero levam a filha ao clínico geral e ao psiquiatra.

(   ) Patrícia torna-se agressiva na escola.

(   ) Mateus dá um vaso de orquídeas para Patrícia.

(   ) Patrícia recupera três quilos.

(   ) Sheila liga para Patrícia e pede trégua.

(   ) Patrícia escreve a carta de despedida para a anorexia.

3. Se você tivesse problemas com excesso de peso, como enfrentaria as gozações e críticas dos outros?

_____

_____

_____

_____

_____

_____

_____

4. A protagonista de *Patty Palito* tinha vários apelidos que detestava. O que você acha do costume de apelidar as pessoas? Cite algumas experiências que já tenha vivenciado nesse sentido.

_____

_____

_____

_____

_____

_____

USANDO A CRIATIVIDADE

Se o meu *hamster* falasse...

Descreva o que o bichinho Gilberto diria, se pudesse, nas seguintes situações:

a) Patrícia lhe contou que dona Lena e seu Piero tentavam dar uma de cupido para cima dela em relação a Mateus.

_____

_____

_____

_____

b) Sua dona não tinha conseguido estudar para a prova e estava com um enjoo terrível.

_____

_____

_____

_____

c) A menina estava preocupada com as gostosuras da ceia de Natal.

clube ou numa turma pode fazer para fugir de situações embaraçosas impostas pelos veteranos?

_____
_____
_____
_____
_____
_____
_____

_____
_____
_____

VOCÊ É O AUTOR

Assim como Patrícia escreveu uma carta para a anorexia, redija numa folha de papel uma mensagem para algo ou alguém que o(a) incomode e que você deseja mudar. Se quiser, compartilhe suas ideias com os colegas.

(c) Garota de cabelos ruivos e sardas no nariz.

(d) Filha única dos Grissini.

(e) Fazia caprichados almoços de domingo.

(f) Mãe de Cíntia e Sheila.

(g) Dono de supermercado, de origem italiana.

(h) Ninguém preparava sanduíches como ela.

(   ) Dona Lena

(   ) Rita

(   ) Daphne

(   ) Irmã Rute

(   ) Patrícia

2. Alguns profissionais da área de saúde ajudaram Patrícia a se recuperar da anorexia. Dê os nomes dessas personagens.

a) Nutricionista: _____

b) Clínico geral: _____

c) Psiquiatra: _____

d) Psicólogo: _____

Roteiro de Trabalho **1**

SUSANA KLASSEN

Aos trinta anos, a autora de *Patty Palito* diz que nunca se sentiu entediada. Talvez graças às suas muitas andanças entre São Paulo, onde nasceu, Paraná, Estados Unidos e Canadá. Atualmente, mora em Atibaia (SP) com o marido e cinco gatos da pá virada.

Começou a escrever aos quinze anos, mas nunca chegou a publicar seus trabalhos literários. Desde então, rolou muita coisa em sua vida: estudou para ser piloto de avião, foi escoteira-chefe, tentou ser DJ de rádio, fez uma tatuagem e até aprendeu a cozinhar.

Autodidata, estuda muito, adora ler e consultar *websites* de educação, literatura, história medieval e gastronomia. Além disso, traduz textos, escreve livros didáticos de inglês e dá aulas dessa língua para crianças e adultos de todas as idades.

Quanto à anorexia, Susana sabe por experiência própria que esse transtorno pode ser prevenido. E que, se chegar a acontecer, não significa necessariamente uma sentença de morte. Com o tratamento correto, é possível amadurecer emocionalmente e aprender que, afinal, ser uma pessoa "de peso" não é o fim do mundo. Isso faz uma tremenda diferença.